이디스 홀든

Edith B. Holden

이디스 홀든은 1871년 영국 우스터셔 킹스노턴에서 염료 제조업자의 딸로 태어났다. 버밍엄미술학교를 졸업하고 일러스트레이터로 활동하며 여러 책에 삽화를 실었다. 1906년부터 워릭셔의 작은 마을 올턴의 한 여학교에서 미술을 가르쳤으며 당시 주변의 자연을 관찰해 글과 그림으로 기록했다. 1909년 런던으로 이주했고 2년 뒤 조각가 어니스트 스미스와 결혼해 첼시에 자리를 잡았다. 1920년 3월 16일, 밤나무 꽃봉오리를 꺾으려다 템스강에 빠져 익사했다. 가족에게 상속된 홀든의 자연 관찰 일기는 1977년에 처음 책으로 출간됐다.

THE
COUNTRY
DIARY
OF AN EDWARDIAN LADY

THE COUNTRY DIARY
OF AN EDWARDIAN LADY

컨트리 다이어리

이디스 홀든의 수채화 자연 일기

이디스 홀든 지음 | 황주영 옮김

Kyra

이 책은 이디스 홀든이 1906년 한 해 동안
계절에 따라 다채로운 모습을 보여 주는
영국의 전원을 기록한 일기입니다.
홀든은 자연을 사랑하는 마음을 가득 담아
새와 곤충, 꽃과 나무를 그렸습니다.
책장을 펼칠 때마다
자연관찰자의 정확한 눈과
예술적 섬세함이 어우러진
아름다운 글과 그림을 만날 수 있습니다.

Gowan Bank
Olton
Warwickshire

워릭셔 올턴의 고언 강둑에서

Edith B. Holden

이디스 홀든

NATURE NOTES

FOR

1906

바위 위에 앉아 물결과 언덕을 생각하며
숲의 그늘진 풍경을 천천히 따라간다.
인류의 지배가 미치지 않은
그리고 살아 있는 것들이 결코 혹은 거의 발을 디디지 않은 곳!
무리 지을 필요 없는 야생 동물과 함께
아무도 본 적 없는 산, 길이 없는 길을 오른다.
홀로 가파른 언덕과 거센 폭포를 넘어도
이것은 고독이 아니다, 기다림이다.
자연의 매력과 이야기를 나누면 자연은 숨겨둔 것을 펼쳐 보인다.

조지 고든 바이런

JANUARY 1월

1월의 명칭은 로마의 신 야누스Janus의 이름에서 유래한다. 야누스 신은 앞뒤로 얼굴이 두 개 달려 있는 모습으로 나타난다. 한 얼굴은 과거를 바라보고 다른 얼굴은 다가오는 새해를 향한다.

Jan.1.   설날
Jan.6.   12일절, 예수 공현 축일

> 그러자 늙은 1월이 추위를 쫓기 위하여
> 많은 옷으로 몸을 잘 감싼 채 등장했다.
> 그러나 그는 죽을 것처럼 덜덜 떨었으며
> 손가락을 덥히려는 듯 호호 불고 있었다.
> 그는 하루 종일 예리한 손도끼를 쥐고서
> 나무를 베고 잔가지를 치느라
> 손가락이 곱아서 무감각해졌기 때문이다.
>
> 에드먼드 스펜서 『요정 여왕』

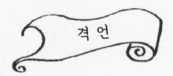 격언

"1월에는 불 위에 올린 냄비도 얼어붙는다."

"1월에 풀이 자라면 일 년 내내 안 좋다."

"1월에 날이 궂으면 봄에 비가 자주 온다."

"한 해 중 1월이 가장 암울하다."

January

Blue Tits
푸른박새

진박새
Cole Tit
Great Tit
박새

3.

January

가을에 붉게 물든 나뭇잎은 떨어지고
그 어머니 나무는 헐벗은 채 남겨져
은신처에서 춥고 냉혹한 겨울을 지켜보며 기다린다.
스노드롭이 생기를 머금고 산림이 그림자를 드리울 때
아직 나뭇잎은 남아서 이리저리 굴러 다니네.
빈 터에 훈훈한 남풍이 불기 시작하면
새들과 나뭇가지가 봄이 왔다고 소리 높이리.

매켄지 벨 〈지난해 나뭇잎〉

그러니 여름이 온 대지를 초록으로 옷 입히거나
근처 초가지붕의 눈이 햇살에 녹아 김을 내뿜는 동안
붉은가슴울새가 이끼 낀 사과나무의 앙상한 가지에 쌓인
눈 더미 사이에 앉아 노래하건 간에
또 처마 끝에서 물방울 떨어지는 소리가
질풍이 잠시 멈춘 사이에만 들리거나
서리의 은밀한 봉직이 처마 물방울을
소리 없는 고드름으로 매달아
고요한 달을 향해 고요히 빛나게 하건 간에
사계절 모두가 네게는 아름다우리라.

새뮤얼 테일러 콜리지 〈한밤의 서리〉

Dead leaves
of
Elm, Oak,
Beech,
 Chestnut, and Sycamore

느릅나무, 오크, 유럽너도밤나무
밤나무, 플라타너스단풍 낙엽

5.

Water Hen
or
Moor Hen.
쇠물닭

JANUARY

Jan. 1. 새해 첫 날. 날은 개었지만 무척 추워 서리가 내렸다.

5 남서쪽에서 엄청난 강풍이 불어오고 비도 내렸다.

11 운하 둔치의 작은 숲에서 제비꽃잎을 땄다. 나무 아래 낙엽을 들추다 아룸 마쿨라툼의 잎집*이 땅을 비집고 나온 것을 발견했다. 바깥쪽을 벗겨 내자 흰 껍질 안에 잘 접혀 단단하게 돌돌 말린, 검은 반점이 있는 엷은 노란색 이파리를 제법 알아볼 수 있었다. 딱총나무 덤불 잎눈도 초록 싹을 많이 틔웠다.

12. 연못에서 그리 멀지 않은, 새로 쟁기질한 들판에서 쇠물닭 몇 마리가 먹이를 먹는 것을 보았다.

14. 거센 비바람이 몰아친 날.

18 오늘 엘름던 파크 근처 들판에서 신기한 오크를 보았다. 멀리서 보면 나무의 반은 죽은 듯하고 나머지 반은 윤이 나는 푸른 잎으로 덮인 모습이다. 가까이서 살펴보니 몸통과 큰 가지 두 개는 하나의 오크였다. 도토리 깍정이에 비늘 모양 돌기가 있고 넓은 잎의 가장자리는 톱니처럼 뾰족뾰족한데 겨울이라 잎이 다 떨어졌다. 그리고 몸통 꼭대기에 잎이 풍성한 상록수인 코르크참나무가 자라나 나무의 나머지 절반을 이루었다. 두 나무의 줄기는 거의 구분할 수 없을 정도로 얽혀 있다.

---

* 칼집 모양 잎자루가 줄기를 싸고 있는 것.

January

Jan. 23. 이른 아침에는 무척 추워 서리가 내렸고 안개도 짙었다. 오전 9시 30분쯤 안개가 걷히자 해가 눈부시게 빛났다. 시골길로 산책을 갔다. 하얗게 서리를 덮어쓴 나무와 덤불의 잔가지들이 하늘을 배경으로 은빛 트레이서리 장식처럼 보였다. 길가에 말라 죽은 풀이나 과피가 특히 아름다웠는데, 사이사이 맺힌 서리 결정이 햇빛을 받아 반짝였다. 들판에는 떼까마귀와 유럽찌르레기 무리가 앉아 있었고 산사나무 덤불에서는 아름다운 멋쟁이새 한 쌍을 보았다. 일이 주 전까지는 가시금작화가 만발했지만 지난 주에 내린 서리에 꽃들이 져버렸다. 아직 겨울이라지만 날씨가 온화해서 개암나무의 꽃차례*가 깜짝 놀랄 정도로 일찍 나왔다. 몇몇 꽃차례에서는 초록색 꽃이 활짝 벌어졌고 작고 어여쁜 붉은 별 모양 암꽃도 나왔다. 덤불 사이로 인동덩굴의 잎도 점점이 보인다.

Jan. 26. 지난 몇 주 동안 우리 집과 이웃의 정원에 아주 특이한 울새가 출몰했다. 대개 울새의 위쪽 깃털은 전체적으로 올리브그린이 감도는 갈색인데, 이 새는 은빛이 도는 밝은 회색이다. 그래서 날아다닐 때면 진홍빛 가슴 털을 가진 흰 새처럼 보인다. 지난 여름부터 이 근처에서 보였다고 들었다. 상당히 눈에 띄는지라 누군가의 총에 희생되지 않은 게 놀랍다.

Jan. 27. 정원에 앵초, 폴리안서스, 겨울바람꽃, 서양서향, 스노드롭이 피었다. 이제 포근한 아침마다 새들이 노래를 시작해서 거의 하루 종일 지저귄다.

---

* 나뭇가지 끝에 기다랗게 무리 지어 달리는 꽃송이.

8.

Ivy 담쟁이
Hazel-nut catkins
Woodbine. and female flowers
인동   개암나무 꽃차례와 암꽃

January

Jan.29. 오늘 들판에서 데이지를 꺾었고 주목에 꽃이 핀 것을 보았다. 쐐기풀 싹이 솟아나고 디기탈리스, 마늘냉이, 병꽃풀 같은 초본에 새 이파리가 나온다. 개쑥갓에도 꽃이 피었다. 사방에서 쟁기질을 하고 울타리와 도랑을 손본다. 올 1월은 놀라울 정도로 포근했다.

아주 작고 소박한, 가장자리가 붉은 꽃잎의 꽃이여
나를 만난 것은 불운이었다.
나는 그대의 가느다란 줄기를
흙더미 속에 뭉개 넣을 거니까.
이제 그대를 구하는 것은 내 힘을 넘어섰다.
그대 아름다운 보석이여.

맙소사! 어여쁜 종다리도 그대의 친절한 이웃이 아니고
어울리는 친구도 아니야.
동쪽에 자줏빛으로 떠오르는 해를 맞이하기 위해
쾌활하게 위로 날아오를 때
반점이 있는 가슴으로
이슬 젖은 풀밭에 핀 그대를 짓눌러 버릴 테니.

그대의 소박하고 이른 탄생에
살을 에는 차가운 북풍이 불어올 거야.
하지만 폭풍우 속에서
그대는 활기차게 반짝이며
어머니 대지 위에 겨우 얼굴을 내밀지.
애처로운 모습으로.

우리 정원에 핀 보기 좋은 꽃은
높이 솟은 나무와 담이 지켜 주지만
그대는 흙과 돌이
아무렇게나 지켜 줄 뿐
메마른 그루터기의 땅을 치장하네.
아무에게도 보이지 않은 채 홀로.

그곳에서 빈약한 꺼풀을 덮고 있던 그대는
눈같이 흰 가슴을 해를 향해 벌리며
겸손한 모습으로
그 잘난 체하지 않는 머리를 들어 올리네.
그러나 이제 쟁기날이 그대의 침상을 파헤쳐
그대는 쓰러지리!
　　　　　　로버트 번스 〈산에 핀 데이지에게〉

데이지, 대지 위에 반짝이는 아르크투루스*여
결코 저물지 않는 꽃의 성좌.
　　　　　　퍼시 비시 셸리

---

*　목자자리에서 가장 밝은 별.

겨울은 화환을 둘러
그 성긴 회색 머리를 치장하고
봄은 가장 부드러운 바람으로 구름을 갈라
그대에게 햇빛을 내리쬐어 주네.
여름 풀밭은 모두 본래 그대의 것.
그리고 가을, 우울에 젖은 자!
비가 쏟아질 때
그대의 진홍빛 꽃을 기쁘게 하리.

함께 무리 지어 축제의 춤의 행렬을 따라
그대는 오솔길을 걷는 나그네에게 인사를 하고
나그네가 인사에 답하면 기뻐하리.
그러나 무시를 당해도
주눅들거나 슬퍼하지 않네.
종종 홀로 멀고 후미진 곳에 피어
필요한 때가 오면
우리와 마주해 즐거움을 주네.

올해 최고의 아이여! 그 경로를 따라 도는
태양의 대담한 연인
그리고 하루가 시작되면
종다리나 어린 토끼처럼 활기차게
오래 전 잃어버린 칭송을 되찾으리.
옛날 못지않게 내일의 사람들에게
칭송받으리.
그대는 틀림 없는 자연의 총아.

　　　　윌리엄 워즈워스 〈데이지에게〉

Daisy 데이지
(Bellis perennis)

초원의 모든 꽃 중에서
내가 가장 사랑하는 꽃은
하얗고 빨간
우리 마을에서
데이지라 부르는 꽃.

　　　　제프리 초서

데이지는 향기는 없지만 가장 진귀한 꽃.

　　　　플레처

데이지, 미천한 신분의 꽃
대지의 융단을 수놓는 자여
벨벳 같은 잔디에 보석처럼 박혀 있구나.

　　　　존 클레어

1. Spray of Yew with male flowers
수꽃이 달린 주목 잔가지

2. fruit. 주목 열매

3. female flowers in different stages (magnified)
다양한 단계의 암꽃(확대)

The Yew (Taxus baccata) 주목

주목은 대개 암수딴그루라 암꽃과 수꽃이 다른 나무에서 핀다. 열매의 과육은 그다지 해롭지 않으나 잎에 독성이 있고 씨앗은 위험하다. 주목의 수명은 무척 길어 영국에 있는 어떤 주목은 수령이 천 년에 이른다고 한다. 드루이드교도가 그들의 성스러운 숲에 주목을 심었다고 전해진다. 이후 애도의 상징으로 교회 묘지에 주목을 심었다. 주목은 궁수가 쓰는 활을 만드는 데 사용되기도 했다.

주목은 로턴 계곡의 자랑
옛날처럼 지금까지 그 어둠 속에
홀로 서 있구나.
스코틀랜드의 황야로 진군하는 엄프라빌이나
퍼시의 군대에 기꺼이 무기를 내놓네.
또는 바다 건너 아쟁쿠르에서
어쩌면 이전의 크레시나 푸아티에서
그 단단한 활시위를 당기는 군대에게.
광대한 둘레와 심오한 어둠의 고독한 나무여!
쇠락하기에는 너무 시간이 걸리고
파괴하기에는 너무 장엄한 형태를 지니고 사는 이여.
그러나 더 주목할 만한 것은
보로데일의 형제 나무 네 그루이니
엄숙하고 넓은 숲에 서 있구나.
거대한 몸통! 각각의 나무 줄기는 자라나
구불구불 얽혀 위로 올라가고 뿌리 깊게 휘감았네.

환상을 모르지 않으며
불경한 것을 위협하리.
기둥이 드리우는 그늘이
풀잎 하나 없는 적갈색 땅 위에 떨어지고
일 년 내내 무성한 잎에서 허물이 떨어지네.
큰 가지가 만든 어두운 지붕 밑에는
잔치라도 열 것처럼
즐거운 기색 없는 열매로 치장한
공포와 떨리는 희망, 침묵과 예지력
죽음의 해골 그리고 시간의 그림자의 유령이라도
한낮에 모일 수 있으리.
편만한 자연의 신전처럼
아무도 손대지 않은 이끼 낀 돌의 제단에
모여서 예배를 드리거나 말없이 휴식하네.
길게 누워, 글라라마라의 가장 깊은 동굴 속에서
웅얼대는 계곡물 소리에 귀를 기울이리라.

윌리엄 워즈워스 〈로턴 계곡의 주목〉

February 2월

13.

FEBRUARY

2월의 명칭은 '정결하게 하다'라는 뜻의 라틴어 페브루아레februare 혹은 2월 후반부 내내 거행되는 로마의 속죄 축제인 페브루아Februa에서 유래한다.
대개 2월은 28일이지만 윤년에는 29일이다.

축일　　Feb. 2.　성촉절
　　　　Feb. 14.　성 발렌티노 축일
　　　　Feb. 24.　성 마티아스 축일

"쾌청한 2월보다 나쁜게
또 있으랴."*

"2월은 개울물이 넘치는 달.
비가 오든 눈이 오든."

"성촉절이 맑고 개면 또 겨울처럼 추워진다.
성촉절이 흐리고 비가 오면
겨울은 영영 가버릴 것이다."

"비 없는 2월은
풀과 곡류에 좋지 않다."

"2월에 천둥 소리가 들리면 그 해 여름은 경이로우리라."

---

*　영국 속담 '2월에 눈이 많이 오면 여름 날씨가 좋다'와 반대로 2월 날씨가 좋으면 그 해 여름은 예측할 수 없다는 뜻에서 나온 속담.

February

한 달이 가고 또 한 달이 시작됐다.
흥겨운 종소리가 사라져 가는 해를 배웅하고
진귀한 녹색 싹이 고개를 내민다.
마치 따스한 햇빛을 기다릴 수 없는 것처럼.
먼 언덕은 음산한 회갈색일지라도
올해 첫 스노드롭은 희미한 불꽃처럼
그 녹색 줄무늬의 뾰족한 싹으로 차가운 대지를 뚫고 나온다.
그리고 어두운 숲에서 방랑하는 작은 아이는
앵초를 발견하리.

하틀리 콜리지 〈1842년 2월 1일〉

Fair Maids
of
February

2월의 아름다운 아가씨들*

---

* 스노드롭의 별칭.

February

Feb 1. 아침에는 이슬비가 내리고 흐렸지만 오후에는 맑고 포근했다.

2. 성촉절. 바람이 요동치고 눈보라가 날렸다.

3. 도버에서 알이 두 개 있는 대륙검은지빠귀 둥지가, 이든브릿지에서는 알이 네 개 있는 바위종다리 둥지가, 엘름스테드에서는 알이 다섯 개 있는 울새 둥지가 발견되었다는 기사가 오늘자 신문에 실렸다.

7. 꽃이 핀 산쪽풀 몇 줄기를 꺾었다. 데이지와 개쑥갓을 제외하고 야생 초본 중에서 가장 먼저 꽃이 피는 식물이다.

8. 비와 우박, 진눈깨비가 쏟아졌다.

9. 밤에 눈 폭풍이 불어닥쳤다. 아침에 바깥을 내다보니 새하얀 풍경이 펼쳐졌다. 올 겨울에 이렇게 눈이 많이 온 건 처음이다. 잔디 한쪽에 쌓인 눈을 치우고 빵과 쌀알을 흩뿌렸다. 새들이 몰려왔다. 세어 보니 야자 열매와 삼각 지지대 위에 박새가 여덟 마리나 있었다. 아침에 박새들은 격렬한 싸움을 벌였다. 작은 푸른박새 한 마리가 야자 열매 한가운데 자리를 차지하고는 다른 새들이 오지 못하게 했다. 그 새가 열매 안에 자리를 잡고서 부리를 벌리고 날개를 펼치며 다가오는 다른 박새에게 쉬잇쉬잇 소리를 내며 옥신각신하는 모습이 무척 우스꽝스러웠다. 새벽 5시 57분에는 부분 월식이 보였다. 저녁 8시에는 달 주변에 무지갯빛 달무리가 졌는데 이상하리만큼 눈부시고 또렷했다.

10. 비가 내리고 남서풍이 불었다. 빠른 속도로 날씨가 풀리고 있다.

12. 오늘은 제비꽃 숲을 다시 찾았다. 아룸 마쿨라툼이 땅 위로 꽤 자라 나왔고 제비꽃 뿌리는 작고 뾰족한 새 잎을 밀어 올리고 있었다. 숲속 공터는 연복초의 작은 싹으로 뒤덮였다.
집으로 돌아가는 길에 가시금작화 꽃을 조금 꺾었다.
느릅나무에 꽃이 피기 시작했고 버드나무에는 하얗고 보송보송한 꽃차례가 보이는데 아직은 아주 작다.

13. 하루 종일 눈이 내렸다.

14. 성 발렌티노 축일. 서리가 내렸지만 햇빛은 화창하다.

16.

Willow Catkins
버들개지

Unfolding leaves
of
Wild Arum
or Cuckoo Pint
Arum maculatum)
이제 막 펼쳐지는
아룸 마쿨라툼 이파리

Dog's Mercury
(Mercurialis perennis)
산쪽풀

17.

Common
Gorse
or
Whin
(Ulex Europæus)
가시금작화

산에 핀 가시금작화여, 언제나 금빛을 띠고
일 년 내내 쇠할 일 없구나!
그대는 우리에게 강해지라 가르치는가
아무리 찔리고 괴롭힘을 당해도
그대가 가시 속에 꽃을 피우듯
그래서 눈과 비에 밟혀도
그대가 자라는 곳만큼 절망스러운
이 삶의 산비탈 위에서.

산에 피는 꽃, 빛나는 꽃이여
그대는 우리에게 기뻐하라 가르치는가
여름이 오지 않아도
우리 가슴 속에 꽃을 피우라 하는가?
신이 보호하는 그대는
언덕 위에 빛이 되어
겨울의 대지에 아름다움이 아직 살아 있다는 표식이라.

산에 핀 가시금작화여, 그대는 우리에게 가르치는가
푸른 하늘을 덮개 삼은 학문의 의자에서
인간이 다다른 가장 지혜로운 말은
그가 할 수 있는 가장 겸손한 말이라 하는가?
산봉우리에 피는 그대여
그러나 땅 위를 따라 낮게 살며 온순한 풀 옆에 있구나!

산에 핀 가시금작화여, 린나이우스가
잔디 위에서 그대 옆에 무릎을 꿇은 이래
그대의 아름다움을 신께 감사하네.
그대의 가르침에 새로이 엎드려 절하는
우리를 보라!
일어설 때, 한두 방울 우리 뺨에 떨어지는 것은
오 세상에, 눈물이 아니라 이슬이네.

엘리자베스 배럿 브라우닝

February

Feb. 15. 오후에 솔리헐에서 집으로 걸어가다가 햇빛 속에서 각다귀 몇 마리가 춤추듯 날아다니는 것을 보았다. 또 강둑에서 만난 뾰족뒤쥐 두 마리는 나를 보자마자 쏜살같이 구멍 속으로 달아났다.

16. 올해 처음으로 종다리가 지저귀는 소리를 들었다.

24. 솔리헐과 벤틀리히스를 거쳐 팩우드까지 자전거를 타고 갔다. 떼까마귀 무리를 지나쳤는데 둥지를 고치느라 분주한 와중에 요란하게 지저귀고 있었다. 작은 울새는 둥지 지을 재료를 모으며 강둑 이편저편을 오갔다. 개똥지빠귀는 부리 가득 지푸라기를 물고 갔다. 어디를 가도 버드나무 가지에 보송보송한 봉오리가 가득 맺혔고 오리나무에는 새빨간 꽃차례가 달려 있었다. 교회 마당에 딸린 정원 가장자리에 스노드롭이 가득해 한 다발 땄다. 그곳에 사는 농부가 작은 양 한 마리를 데리고 와 보여 줬는데 오늘 아침에 태어난 세 마리 중 하나라고 한다. 품에 안자 새끼 양은 겁내지 않고 검고 작은 머리를 내 얼굴에 쏙 들이밀었다.
진눈깨비와 눈이 몰아치는 가운데 자전거를 타고 11킬로미터를 달려 집으로 돌아왔다.

27. 참회 화요일.

28. 재의 수요일. 올 겨울에는 2월이 가장 겨울 날씨다웠다.

뾰족뒤쥐는 땅 속에 굴을 파고 산다. 주로 곤충과 벌레를 먹는데 코가 길고 유연해서 먹이를 찾기에 유용하다. 뾰족뒤쥐는 배고픔을 못 참고 긴 굶주림을 견뎌 내지 못한다. 가을날 시골길이나 오솔길에 수많은 뾰족뒤쥐가 죽어 있는 것은 먹이를 찾지 못해서라고 한다. 벌레들이 땅속 깊숙이 들어가고 곤충들이 겨울 은신처로 몸을 숨긴 탓이다. 족제비나 올빼미가 뾰족뒤쥐의 사체를 먹지 않는 것은 몸에서 뿜어져 나오는 지독한 악취 때문일 것이다. 시골에는 이 작고 귀엽고 무해한 동물에 대한 미신적 공포와 혐오가 남아 있다.

To a Mouse. 생쥐에게

작고 매끄러운, 움츠러들어 바들대는 짐승
오, 네 가슴이 덜컥 겁을 집어먹었구나!
놀라서 그리 서둘러 달아나지 않아도 돼
그토록 허둥지둥 다급하게!
나는 너를 쫓아 몰아내고 싶지 않으니
이 살벌한 쟁기날로!

진심으로 미안하구나, 인간의 지배가
자연의 사회적 화합을 깨뜨려 놓고도
그 부당한 견해를 정당화하니까
네가 나를 보고 화들짝 놀랄 수밖에
너의 가난한, 대지 태생의 동무
동료 인간이거늘!

물론, 가끔은, 훔쳐 먹기도 하겠지
그게 뭐? 가여운 짐승, 너도 살아야지!
보릿단에서 떨어진 이삭 하나쯤이야
너무나도 자그마한 요구
나는 남은 보릿단으로 축복받으면 그뿐
절대로 아까워하지 않을게.

네 자그마한 집도 망가졌구나!
약한 벽이 바람에 흩어져 버렸어!
이제 와서 녹색 이끼 위에 새집을
지을 수도 없는 노릇이고!
음산한 십이월 바람이 몰아칠 텐데
살을 에고 뼈에 스밀듯이!

네가 허허롭고 황량한 들판을 보다
금세 닥칠 진저리 나는 겨울을 내다보고
돌풍을 피해, 이 밑에서 아늑하게
살려고 마음먹었을 터인데
난데없이 와르르! 잔인한 쟁기날이
너의 작은 방을 꿰뚫어 버렸구나.

그 작은 이파리그루터기 더미 집을
마련하려고 수없이 지치도록 갉아 댔으리!
한데 갈아엎어졌으니 너의 노고에도
집도 절도 없이
겨울 진눈깨비 가랑비, 차가운
흰 서리를 견뎌 내야 할 처지.

하지만 생쥐야, 너만 그런 게 아니다
앞날을 걱정해 봐야 소용없는 일.
생쥐나 인간이나 만반의 계획도
종종 틀어져서
똑같은 슬픔 고통만 남곤 하니까.
기대했던 기쁨 대신에!

그래도 넌 축복받았지, 나에 비하면!
너를 괴롭히는 것은 현재뿐이니.
하지만 아아! 나는 뒤로 눈을 돌려도
황량한 전망!
앞으로도, 보이는 것 없고
막연한 두려움뿐이구나!

로버트 번스

이제 북풍이 그치고
따스한 남풍이 깨어나니
하늘은 양털 옷을 벗고
대지는 초록 깃발을 흔든다.

조지 메러디스

20.

Catkins of Aspen (.Populus trémula) 사시나무
Purple Willow (Salix purpures) Goat Willow or Round-leaved Sallow
and (Salix caprea)
참당키버들 Alder (Alnus glutinosa) 오리나무 꽃차례 호랑버들

MARCH

3월

로마식으로 한 해를 세는 방식, 그리고 1752년까지 사용된 영국 교회력에서 3월은 한 해의 첫 달이었고 법적으로 새해는 3월 25일에 시작했다. 스코틀랜드는 1599년에 한 해의 첫 달을 1월로 변경했다. 로마인은 이 달을 마르스 신의 이름을 따서 마르티우스Martius라고 불렀으며 앵글로 색슨인은 '시끄러운 달' 혹은 '날씨가 험악한 달'이라고 했다.

축일   March 1.st 성 다윗 축일
        March 12. 성 그레고리오 축일
        March 17. 성 파트리치오 축일
        March 25. 성모 영보 대축일

"3월의 흙먼지 반 말은 왕의 몸값만큼 귀하다."

"3월에 안개가 잦으면 5월에 성에가 잦다."

"3월이 그대를 찾아내리라, 4월이 그대를 시험하리라,
5월은 그대가 살지 죽을지 알려 주리라."

"3월은 4월에서 사흘을 빌려왔는데 모두 안 좋았다.
첫날은 비와 진눈깨비가 내렸고
다음 날은 비가 내려 축축했으며
마지막 날은 꽁꽁 얼어붙어 새들이 나무에서 옴짝달싹 못했다."

"성가신 3월은 사자처럼 왔다가
양처럼 간다."

March

March

마침내 폭풍우 치는 3월이 왔다.
바람과 구름 그리고 변화무쌍한 하늘과 함께
나는 눈 쌓인 계곡 사이를 빠져나가는
강한 바람 소리를 들으리.

아, 거친 폭풍우의 달을 말하는 그들이
그대를 칭송하는 일은 거의 없으리!
그러나 바람이 소란스럽고 거세더라도
그대는 내게 반가운 달이네.

그야 그대는 이 북쪽 나라에
눈부시게 빛나는 기쁜 태양을 다시 데려왔으니.
그리고 그대는 부드러운 행렬을 따라
봄이라는 부드러운 이름을 걸치리.

그리고 그대의 거센 바람과 폭풍의 영토에서
길고 밝은 햇빛 찬란한 날이 웃음짓네.
바람이 부드럽고 따스하게 바뀌고
하늘은 5월의 푸르름을 두를 때.

윌리엄 컬런 브라이언트

봄은 무엇을 속삭였는가?
오 시냇물이여
그토록 슬픈 잠에서 깨어나
작은 그물을 들고 오는
어부 무리를 기쁘게 반기고
공기 중에 여름을 서두르고
따스한 바람에게 말을 거네
수달의 굴 옆에서 재잘대다가
담쟁이가 덮인 농가를 지나치네.
강둑의 앵초를 깨우고
제비꽃에게 눈을 뜨라 고하고

감사의 물결로 급히 흘러간다!
평화로운 하늘 아래서!
곧 흥청거리는 축하가 이어지고
요정은 무리 지어 초원을 넘어오리.
달에 마법을 걸고
숲바람꽃 화관을 쓰고!
개똥지빠귀가 야생 자두나무 수풀에서
새끼를 보살피는 모습은 얼마나 마음을 사로잡는가!
아름다운 노래가 가득하네
쾌활하게 봄을 환영하리
봄이 왔다고!

노먼 롤런드 게일

솜씨 좋게 만든 둥지를 가려 주는
산울타리는 얼마나 다정한가
장막을 걷으면
참을성 있는 반짝이는 눈의 개똥지빠귀가
얼룩덜룩한 가슴 털 아래
다섯 개의 작은 세계를 품고 있네!

날이 갈수록 생명은 자라지만
그녀가 사랑하는 알은 아직 말이 없고
그녀의 아름다운 가슴은 서서히 닳아 가네.

Song Thrush and young 개똥지빠귀와 새끼

마침내 얇은 푸른 베일이 뒤로 걷히고
생명이 깨어나 새소리를 지저귀면
갓 태어난 새의 노래가 세상으로 쏟아지리.

이제 엄마 개똥지빠귀는 자랑스러워하며 기뻐하리.
그녀는 예쁜 오두막과 서쪽 하늘이 잿빛으로 변할 때
먹이고 달래야 할 새끼들이 있네.

노먼 롤런드 게일 〈신앙 고백〉

Song Thrush's egg 개똥지빠귀 알

March

Mar. 1 3월이 따뜻한 바람과 남서쪽에서 시작된 비를 몰고 양처럼 부드럽게 왔다.

4. 햇빛이 눈부시게 아름다운 날이었다. 올 들어 처음으로 따뜻한 봄 날씨였다. 종다리가 파란 하늘로 날아올라 노래했다. 오랜 시간 산책을 하다 관동화와 베로니카 꽃을 발견했다. 잡목림 가장자리 아래, 작은 개울이 흐르는 곳의 양지바른 둑에는 초록 잎 가운데 꽤 큰 꽃봉오리가 잡힌 앵초가 무척 많이 있었다. 피카리아 미나리아재비 봉오리도 컸는데 한두 주 날씨가 계속 따뜻하면 꽃이 많이 필 것 같다. 어디를 가도 새들이 매우 활기찼고 산울타리와 나무마다 새들의 합창이 굉장했다!

6ᵗʰ 밤에 두꺼비 한 마리가 현관 주위를 뛰어다니는 것을 보았다. 하루 종일 정원 문을 열어 뒀더니 그 사이로 들어왔나 보다. 오늘도 해가 눈부시게 빛났다. 날이 좋던 지난 사흘 동안 산울타리의 잎눈이 상당히 많이 올라왔고 느릅나무 꽃도 꽃밥과 꽃실이 훤히 들여다 보일 정도로 활짝 피었다. 아침에는 수선화가 자라는 들판에 갔다. 뾰족하고 짧은 청록빛 이파리 사이로 작은 초록색 창끝을 세운 듯한 꽃봉오리가 곧게 솟아 올라 있었다.

10. 부시우드에서 8백 미터쯤 떨어져 있는 버드나무 묘상으로 자전거를 타고 갔다. 비가 오락가락한 흐린 날이라 춥고 우중충했다. 느릅나무와 오리나무의 불그스름한 꽃을 환하게 비출 해가 전혀 들지 않았다. 산울타리 사이로 자전거를 타고 가면서 수많은 새들이 둥지를 짓는 모습을 보았다. 샛길로 빠져 킹스우드 쪽으로 난 좁은 길을 따라 내려가 파란 빈카가 자라는 가파른 언덕을 찾아갔다. 대개 꽃봉오리가 막 벌어지는 참이었고 딱 한 송이만 활짝 피어 있었다. 예전에 가 본 흰 제비꽃 화단과 흰 빈카가 자라는 언덕은 길에서 좀 벗어난 곳에 있어서 양쪽으로 가시나무가 빽빽한 데다 가파르기까지 한 진창길로 4백 미터 가까이 자전거를 끌고 가야 했다. 비바람이 들지 않는 이 언덕에는 피카리아 미나리아재비가 한가득 피어 있었고 올해 처음으로 딸기 잎 양지꽃의 꽃을 보았다.
길 아래쪽으로 내려가 자전거를 두고 울타리 위에서 피크닉을 즐겼다.

Young leaves of Hawthorn.
산사나무 어린 잎

Common Elm. (ulmus suberosa)
느릅나무 꽃 blossom.

Colt's Foot (Tussilogo farfara)
관동화

Lesser Celandine. (Ranunculous ficaria)
피카리아 미나리아재비

March

나는 뒤섞인 천 개의 가락을 들었다
작은 숲에서 나무에 등을 대고 앉아
즐거운 상념이 슬픈 상념을 불러오는
그 달콤한 기분에 젖어 있는 동안.

자연은 제 아름다운 작품에
내 몸에 흐르는 인간 영혼을 이었다.
그런데 인간이 어떤 꼴이 되어 가는지를 생각하니
마음이 무척 아팠다.

그 우거진 나무 그늘 속 앵초 덤불 사이로
빈카가 화관을 길게 늘어뜨렸다.
그걸 보니 꽃마다
즐거이 숨을 들이켠다고 믿게 된다.

새들이 내 곁에서 뛰놀았는데
그들의 생각이야 헤아릴 길 없다.
하지만 그들의 사소한 동작조차
짜릿한 즐거움인 듯했다.

산들바람을 붙잡으려고
막 돋아난 나뭇가지의 부챗살을 펼쳤다.
아무리 생각해 봐도
거기 즐거움이 있는 게 틀림없다.

이런 믿음이 하늘에서 온 거라면
그게 자연의 성스러운 계획이라면
인간이 어떤 꼴이 되어 가는지
어찌 내가 한탄하지 않을 수 있겠는가?

윌리엄 워즈워스 〈초봄에 지은 시〉

March.

Mar. 10. 깃털에 윤기가 흐르는 아름다운 어치 한 마리가 깍깍대며 길을 가로질러 맞은편의 자그마한 낙엽송 숲 쪽으로 날아갔다. 이렇게 외딴 곳에 사람이 들어온 게 못마땅한 듯했다. 반갑게도 하얀 빈카가 언덕에 화환처럼 둥글게 무리 지어 있었지만 아직 꽃봉오리 상태였다. 제비꽃도 갓 나온 푸른 이파리 아래로 꽃봉오리를 막 벌리고 있었다. 수많은 새소리 중 개똥지빠귀, 어치, 바위종다리, 종다리, 굴뚝새, 박새, 푸른머리되새, 방울새, 알락할미새, 노랑멧새의 소리를 구분해 낼 수 있었다. 특히 환한 노란 깃털을 뽐내며 산울타리 꼭대기에 앉아 있는 노랑멧새 소리가 두드러졌다. 오랫동안 특이한 소리로 길게 울어 대는데 아무리 좋게 보려 해도 노래라고 할 만하지는 않았다. 시골 사람들은 그 소리가 마치 '어 리틀 비트 오브 브레드 앤 노 치즈a little bit of bread and no cheese'처럼 들린다고 하며 컴벌랜드 지방에서는 이 새가 "악마야, 악마야, 나를 건드리지 말아라"라고 말하는 거라고 한다. 스코틀랜드에서는 이 새를 '옐드린Yeldrin'이라 부른다. 하얀 빈카의 꽃잎은 다섯 장인데 파란 빈카의 꽃잎은 네 장인 것을 발견했다. 항상 이런 건지 궁금하다.

12 어제 비바람이 불더니 오늘 아침에는 예의 눈 폭풍이 불어닥쳤다. 눈송이가 휘날리는 와중에도 종다리 소리가 들렸다.

13 밤사이 다시 눈이 잔뜩 내렸다. 추워서인지 새들도 오늘 아침에는 거의 지저귀지 않았다. 새여러 마리가 모이를 먹으러 잔디밭으로 내려왔다. 봄 깃털로 단장한 유럽찌르레기와 푸른머리되새가 특히 활기차 보였다.

14. 아침에 서리가 내렸지만 햇빛은 눈부셨다. 이제 해의 기운이 강해지기 시작했으니 곧 눈은 모두 녹아 사라지리라. 오후에 제비꽃 숲에 갔는데 비바람이 들지 않는 숲속 공터에 보라색 꽃이 빛나는 것을 보고 깜짝 놀랐다. 집으로 돌아가는 길에 울새 둥지를 보았다. 분명 지은 지 얼마 되지 않은 것이었다. 올해 처음으로 본 완성된 둥지였다.

20 수선화 들판에 다시 갔다. 꽃봉오리가 이제 막 노랗게 물들기 시작했다. 유럽호랑가시나무 덤불에서 개똥지빠귀 둥지를 두 개 발견했다. 하나는 비어 있었고 다른 하나에는 새 한 마리가 앉아 반짝이는 눈으로 나를 빤히 바라보았다. 얼룩덜룩한 푸른 알을 보고 싶었지만 어미를 방해할 수야 없지. 연복초의 초록색 꽃 몇 송이를 발견했다.

29.

March

Catkins of Goat Willow in March.

호랑버들의 버들강아지

Blue & White Periwinkle (Vinca minor)

하얀 빈카와 파란 빈카

수선화가 얼굴을 내밀기 시작하면
에헤야, 골짜기 건너 비렁뱅이 아가씨에게도
포근한 봄날이 찾아오니
한겨울 창백했던 얼굴이 붉게 달아오르네.

　　　　　　　　　　　윌리엄 셰익스피어

제비가 날아오기도 전에 피어나
3월의 바람을 사로잡는 아름다운 수선화.

　　　　　　　　　　　윌리엄 셰익스피어

아랫마을 수선화가 윗 마을에 왔네.
노란색 속치마와
초록색 드레스를 입고.

Chaffinchs.
푸른머리되새

Daffodils
(Narcissus pseudo-narcissus)
나팔수선화

March

House Sparrow 집참새
Starling
유럽찌르레기

Wren
굴뚝새

Rook
떼까마귀

Blackbird
대륙검은지빠귀 Robin 울새

Song Thrush
개똥지빠귀

Missel Thrush 미슬지빠귀
Hedge Sparrow 바위종다리

Eggs of birds which begin nesting in March. .

3월에 둥지를 틀기 시작하는 새들의 알

Strawberry-leaved
Cinque foil.

딸기 잎 양지꽃

들어 보게! 개똥지빠귀 노랫소리가 얼마나 유쾌한지!
저 새도 뛰어난 설교자라네.
사물들이 뿜어 내는 빛 속으로 어서 나와
자연을 스승으로 삼게.

윌리엄 워즈워스

데이지가 땅을 치장하는 시절
검은지빠귀는 청량하게 지저귀고
우리 마음은 솔직한 기쁨으로 가득 차
다가오는 해를 맞이하네.

로버트 번스

암울한 겨울이 지나고
온화한 서풍이 불어온다.
스탠리의 자작나무 숲에는
개똥지빠귀가 기쁨에 가득 차 노래하네!

뉴턴의 숲 위로 올라가면
종다리가 눈처럼 흰 구름을 흔들고 있네.
보송보송 새싹이 난 은빛 냇버들은
나무딸기 가득한 강둑을 장식하리!

로버트 태너힐

귀 기울여라! 산울타리 안쪽에 꽃을 피운 내 배나무가
들판으로 몸을 기울여 토끼풀 위에
꽃잎과 이슬방울을 흩뿌리네.
구부러진 작은 나뭇가지 끝에 앉은
약삭빠른 개똥지빠귀는
두 번이나 되풀이해 노래하네.
처음 불렀던 절묘한 무상無想의 황홀한 가락을
결코 다시 부를 수 없다고 사람들이 생각하지 않도록!

로버트 브라우닝

개똥지빠귀는 노래하고
나의 맥박과 느릅나무의 새 잎을 흔들었다.

엘리자베스 배럿 브라우닝

Nest and eggs
of Blackbird.

대륙검은지빠귀 둥지와 알

March

Mar 25. 눈과 진눈깨비가 내렸다. 오후에는 거센 눈 폭풍이 불어왔다.

28. 검은 포플라의 진홍빛 여린 꽃차례를 조금 땄다. 지난 며칠은 아주 춥고 건조했다. 살을 에는 듯한 북풍이 불어와 3월답지 않게 흙먼지를 일으켰다.

오늘 아침에는 연못에서 개구리 알을 가져왔고 나뭇가지와 지푸라기로 지은 괴상한 모양의 작은 집 속에서 날도래 유충 몇 마리를 보았다. 유충 하나는 밝은 녹색 골풀과 수생 식물 조각을 자기 집 곳곳에 맵시 좋게 찔러 넣었다.

31. 부시우드까지 자전거를 타고 갔다. 여전히 우중충한 날이지만 길은 아주 잘 말라 있었다. 3월이 양처럼 온순하게 지나가고 있다.

한두 주 지나야 앵초가 융단처럼 깔릴 것이므로 숲에는 들어가지 않았다. 하지만 들판의 언덕과 길가에서 앵초와 (파랗고 하얀) 향기제비꽃을 많이 보았다. 딕스의 시골길 꼭대기에서 올해 첫 들제비꽃을 발견했다. 황화구륜초에는 이제 겨우 꽃봉오리가 맺혔으며 여기 저기에 핀 피카리아 미나리아재비가 도랑을 환하게 밝혔고 딸기 잎 양지꽃이 비탈에 흩뿌린 듯 피어 있었다. 울새 둥지 두 개, 대륙검은지빠귀 둥지 두 개를 보았는데 어디에도 알은 없었다. 산울타리 사이를 맴돌다 아름다운 소리를 내는 새를 여럿 보았다. 초록빛이 도는 회색의 작은 새가 길을 가로질러 휙 지나갔다. 휘파람새라고 생각했는데 다시 산울타리에 나타났을 때 보니 상모솔새였다. 아직 여름 손님은 보지 못했다. 내가 알기로 흰머리딱새가 영국에 오는 첫 철새지만 이 마을에는 오지 않는다. 이곳에는 대개 검은다리솔새가 처음으로 나타나고 곧 이어 버들솔새가 온다.

올 3월은 정말 추웠으며 전반적으로 건조했다. 첫 주에만 여름을 미리 맛보게 해 주는 듯 화창하고 포근한 날이 이삼 일 있었다.

Wood Moschatel
(Adoxa moschatel)
연복초

Moss-cups.
후엽깔대기지의

봉오리를 숨기고 있지만
헤라 여신의 눈꺼풀보다
키테라에서 태어난 아프로디테 여신의 숨결보다
향기로운 제비꽃

윌리엄 셰익스피어 『겨울 이야기』

몰래 핀 제비꽃이 사랑스럽듯이
쾌활한 데이지가 이루 말할 수 없이 진귀하듯이
그럼에도 낮은 곳에서 해를 바라보며
고요히 겨울 공기를 부드럽게 하네.

크리스티나 로세티

스노드롭과 앵초가 숲을 장식하고
제비꽃은 아침 이슬에 몸을 씻는다.

로버트 번스

처음으로 모습을 드러낸 제비꽃이여
그 순수한 보라색 망토로 알아챘네.

헨리 워턴 경

그리고 아름다운 정원에 봄이 등장하고
사랑의 요정처럼 여기저기 느껴지네.
대지의 검은 품에 핀 온갖 꽃과 허브는
겨울잠의 꿈에서 깨어났네.

스노드롭, 그 다음은 제비꽃이
따스한 비에 젖은 땅에서 깨어나고
그 숨결은 잔디의 신선한 향기와
노랫소리와 악기처럼 뒤섞이네.

퍼시 비시 셸리

Sweet Violet (Viola odorata) 향기제비꽃

4월

4월의 명칭은 '시작'을 뜻하는 그리스어에서 유래한다. 4월의 첫날과 관련된 익살맞은 풍습이 유럽 여러 나라에 있는데 그 유래는 잘 알려지지 않았다. 이 날 사람들은 아무것도 모르고 있거나 이상한 낌새를 알아채지 못한 이에게 쓸데 없는 심부름을 시키며 놀린다. 잉글랜드에서는 이렇게 속은 이를 '만우절 바보(4월의 바보)'라고 부른다. 스코틀랜드에서는 '뻐꾸기 잡기', 프랑스에서는 '4월의 물고기'라 한다.

중요한 날 / 축일   April 1.   만우절
                      April 23. 성 제오르지오 축일
                      April 24. 성 마르코 축일 전일*

격언

　　　"4월의 날씨. 해가 비치는데 비가 내린다."

　　　　　"4월이 뿔피리를 불면 건초와 곡식이 잘 자란다."**

　　　"4월의 홍수는 개구리와 올챙이를 휩쓸어간다."

---

*　영국의 민속 풍습. 성 마르코 축일 전날 밤 교회에 가서 기다리면 그 해 교구에서 죽을 사람이 유령의 모습으로 나타난다고 한다.

**　4월에 천둥이 치고 비가 오면 건초와 곡식이 잘 자란다는 뜻.

APRIL

빨간 데이지와 파란 제비꽃
은처럼 새하얀 뻐꾹냉이

노란색을 띤 뻐꾹냉이 봉오리가
들판을 기쁨으로 물들인다.

APRIL

오, 이 사랑의 봄은 얼마나
4월의 어느 날의 불확실한 영광을 닮았는가.
지금은 태양의 모든 아름다움을 보여 주지만
머지않아 구름이 모두 앗아가니!

　　　윌리엄 셰익스피어 『베로나의 두 신사』

곧 그들의 머리 위로 4월의 하늘은 노래하고
그들을 둘러싼 수천 송이의 야생화가 피어나고
초록 새싹이 봄 이슬에 반짝이리라.
그리고 옛날처럼 봄의 황홀이 가득하리.

　　　　　　　　　　　　　　　존 키블

꽃들이여 오라! 언덕과 황야에
향기로운 숨결은 바다와 희롱하고
온화한 봄의 웃음과 눈물 가운데
아름다운 녹색 벌판을 뒤덮은 그대 꽃과 별들
가시로 덮인 금작화가 꽃피운 금빛 날개여
보라색 행렬이 낳은 부드럽게 울리는 종이여
가시 망토를 두른 우윳빛 꽃봉오리여
사파이어 블루의 눈동자와 보라색 보석이여
금이 간 벽에 핀 창백하게 홍조를 띤 야생화와
수줍은 요정이여 이리 오라!
노래하는 동안 내 주위에 봄비가 쏟아지네.

　　　　　　E. M. 홀든 〈인사의 노래〉

어린 양들은 초원에서 매애하고 울고
어린 새들은 둥지에서 짹짹거리고
어린 사슴들은 그늘에서 장난을 치고
어린 꽃들은 서쪽으로 날린다.
아이들이여, 탄광에서 도시에서 나오라
아이들아 작은 개똥지빠귀처럼 노래하라
초원의 황화구륜초를 두 손 가득 꺾어
크게 웃어라, 꽃들이 손가락 사이로 흘러내리도록!

　　　엘리자베스 배럿 브라우닝 〈아이들의 외침〉

To the Cowslip. 황화구륜초에게

봄의 모든 기쁨 중에서 가장 소중한 것은
갓 피어난 꽃들 그 숨결을 다시 마시는 것.
블루벨은 잡목림을 밝히고 앵초는 협곡을 뒤덮네.
그러나 넓은 벌판에서
그대의 꾸밈없는 아름다움이 가장 뛰어나네.
갓 움이 튼 풀은 태양과 바람과 소나기의 키스를 받고
이모젠의 가슴을 물들인
그 불타는 듯한 붉은 물방울에서
봄의 정수를 만들어 내리.

튼튼한 꽃 줄기를 꺾으려고 무릎을 꿇은 아이처럼
그대는 햇빛을 받아 주근깨로 가득하네.
그리고 아이의 새하얀 앞치마는
누구도 들어 본 적 없는 하얀 보물창고가 되어
순금빛 꽃으로 가득 차네.
아이는 솜씨 좋게 꽃을 풍성히 쌓아 올려
왕에게 어울릴 둥근 다발을 만들고
4월의 활력을 자랑하며
고개를 높이 든 꽃 한 송이를 빼내어
왕의 홀로 삼으리.

어린 시절 사랑했던 꽃이여
햇볕에 그을린 내 얼굴을
초록이라는 이름이 무색하리만치
그토록 싱싱한 풀에 묻으니 얼마나 좋았던지.
그리고 하나하나 모은 꽃다발을 가득 안고
아름다운 자매의 따스하고 순수한 입술에 키스하리.
그 황금빛 폭포 속에
지고한 우아함으로 군림하는
황화구륜초 여왕의 아름다움을 영영 가두어 두리라.

앨프리드 헤이스

APRIL

April. 1 바람 한 점 없이 흐린 날이다. 한창 그림처럼 아름다운 호랑버들을 보러 작은 숲에 갔다. 요정 램프 수백 개가 불을 밝힌 듯 금빛 꽃차례로 온통 뒤덮여 있었다. 나무 주위로 벌들이 윙윙대며 부지런히 꽃가루를 모으고 있었다.

4 사흘 연속 햇빛이 쨍쨍했다. 오늘 새로운 야생 수선화 들판을 발견했다. 햇빛을 받은 나무와 산울타리에서는 초록색 잎눈이 나왔고 플라타너스단풍과 산사나무도 며칠 사이 눈에 띄게 달라졌다. 그리고 낙엽송에도 술이 달리기 시작했다.

a. **Frog's Spawn.** 개구리 알
b. **Tadpoles** 올챙이
c. **Caddis grubs.** 날도래 유충

7 오늘도 화창했다. 놀까지 자전거를 타고 가는 길에 동의나물과 서양자두나무에 꽃이 핀 것을 보았다. 알에서 깬 올챙이들이 작고 까만 꼬리를 흔들면서 못 주위를 사방팔방 돌아다녔다. 못에 들어온 모샘치는 이 올챙이들로 포식했다.
병꽃풀에 꽃이 피었다.

9 브리스틀 근처 스토크비숍을 여행했다. 우스터셔 에이번 근방의 비옥한 낮은 평지에는 동의나물이 한가득 피어 있었고 글로스터셔를 지날 때는 앵초가 언덕 곳곳을 장식했다. 황화구륜초도 많이 보았다. 자두와 인스티티아 자두나무에도 꽃이 피었다.

내가 왔네, 내가 왔어!
그대가 오랫동안 나를 불렀으니
나는 빛과 노래와 함께 산을 넘어 왔네.
내 발자취를 따라가며 깨어나는 대지를 보라.
제비꽃의 탄생을 알려 주는 바람과
그늘진 풀 속에 핀 앵초와
초록색 잎이 내가 지나가면 열리네.

내가 폭풍우 치는 북쪽 나라 언덕을 지나면
낙엽송은 모든 술을 내보이고
어부는 화창한 바다로 나가리.
그리고 순록은 초원을 자유롭게 뛰놀고
소나무는 부드러운 녹색 잎을 드리우고
내 발이 닿는 곳마다 이끼는 선명한 색을 띠네.

펠리시아 도러시아 헤먼스

또한 아직은 향기와 빛깔이 합쳐지지 않은
숲바람꽃과 제비꽃은
어리고 창백한 새해를 장식해 준다오.
　　　　　　　퍼시 비시 셸리

저무는 해가 있는 한
앵초는 그 영광을 누리리.
제비꽃이 피는 한
그들은 이야기 속에 남으리.
　　　　　　　윌리엄 워즈워스

이제 종다리는 이슬 젖은 날갯짓으로
명랑한 아침을 깨운다.
검은지빠귀는 한낮의 나무 그늘 아래서
숲의 메아리를 울린다.
수많은 지저귐으로 개똥지빠귀는
나른한 오후를 노래한다.
그들은 사랑과 자유를 누린다.
걱정도 억압하는 속박도 없이.

이제 강둑의 백합과
언덕을 따라 앵초가 꽃을 피운다.
계곡의 산사나무가 싹을 틔우고
유백색 자두꽃이 피어난다.
　　　　　　　로버트 번스

Wood Anemone or Wind-flower 숲바람꽃
　(Anemone membrosa)
Dog Violet (Viola canina) 들제비꽃

Primrose
(Primula vulgaris) 앵초

APRIL

April 10 다트무어의 도슬랜드로 여행을 계속했다. 길을 따라 앵초가 가득 피었다.

11 눈부시게 아름다운 날이었다. 아침에 들판을 산책하다 앵초 몇 송이를 땄는데 여태 본 것 중 가장 탐스러웠다. 베스카딸기, 쓴살갈퀴, 애기괭이밥, 별꽃의 꽃이 피었다. 오후에는 황야 지대로 올라가 조랑말과 망아지를 데리고 왔다. 두 마리 다 텁수룩한 겨울 털이 아주 근사했다. 내일 아침에 얘네들을 그려 볼까 한다.
황야 지대에 오르니 세상에 하늘과 협곡, 가시금작화밖에 없는 듯 보였다. 구름 한 점 없는 하늘 아래 향기로운 금빛 꽃이 만발한 곳이라니. 뱀눈나비 두 마리가 햇빛 아래 팔랑댔다.

12. 아침 내내 들판에서 조랑말과 망아지를 그렸다. 햇빛은 많이 따가웠지만 시원한 미풍이 불었다. 아름다운 공작나비를 보았고 오르키스 마스쿨라 몇 송이를 발견했다.

13 성 금요일.* 버라터에 가서 미비 협곡 아래로 내려갔다. 날이 너무 건조하다. 비가 한 바탕 쏟아지면 꽃이 훨씬 많이 필 텐데. 미비 인근 협곡 아래에는 앵초와 애기괭이밥이 바위와 나무 뿌리 사이에서 잔뜩 자라고 있었다. 구주물푸레나무에는 꽃이 만개했고 어린 플라타너스단풍 몇 그루에도 꽃과 잎이 무성했다. 강둑에서 쉬다가 맞은편 언덕의 나무 사이로 왜가리 한 마리가 날아올라 숲 너머로 가는 것을 보았다. 다리와 날개의 분홍과 회색빛이 헐벗은 나무의 갈색에 대비되어 선명하게 보였다. 황야 지대를 가로질러 집으로 돌아왔다. 여기 저기에 핀 가시금작화가 눈부시게 아름다웠지만 예나던다운에는 가시금작화가 불에 탄 흔적만 검고 길게 남아 있었다.

14. 올해 첫 제비와 멧노랑나비를 보았다.

15. 부활절 일요일. 오늘도 햇빛이 화창했다. 흰털발제비 한 쌍을 보았고 수로에서는 송어 몇 마리를 관찰했으며 어린 산사나무에서 거의 다 지어진 푸른머리되새 둥지를 발견했다.

---

* 부활절 전의 금요일.

Wall Butterfly 뱀눈나비
(Lasiommata Megaera)

Sloe or Blackthorn
(Prunus communis)
서양자두나무

Spray of budding
Crab-apple
봉오리가 부풀어 오른
꽃사과 가지

Small Garden White
(Peris Rapae) 배추흰나비

동의나물 혹은
미나리아재비
Marsh Marigold
or Ranunculous
(Caltha palustris)

Wood Sorrel
(Oxalis acetesella) 애기괭이밥

43.

Swallow (Hirundo rustica) 제비
House Martin (Hirundo urbica) 흰털발제비
Pasture Lousewort (Pedicularis sylvatica) 송이풀

Early Purple Orchis
(Orchis mascula)
오르키스 마스쿨라

Sand Martins (*Hirundo riparia*) 갈색제비
Wild Strawberry 베스카딸기
(*Fragara vesca*)

Greater Stitchwort 별꽃
(*Stellaria major*)
Early Purple Vetch 쏜살갈퀴
(*Orobus tuberosus*)

APRIL

April 17. 붉은장구채 꽃이 피었다. 들판에 산책을 갔다가 우연히 언덕 위쪽을 따라 무성하게 숲을 이룬 어린 벚나무에 꽃이 핀 것을 발견했다. 이쪽 들판을 가르며 시골길을 따라 이어지는 높은 언덕은 작은 꽃과 양치식물로 다채로운 색을 띠기 시작했고 낮은 산울타리로 둘러싸인 꼭대기에는 블루벨이 빽빽하게 움트고 있었다. 서양자두나무 덤불은 요새 아주 근사한데 눈처럼 하얀 꽃과 진한 노란색 가시금작화의 대비가 두드러진다.

B양은 오늘 아침 옥스퍼드셔에 아름다운 유럽할미꽃 몇 송이를 주문했다.

19 햇빛이 눈부신 가운데 북동풍이 강하게 불었다. 라우리로 산책을 갔다. 예나던다운을 돌아다니다 가시금작화 덤불 사이에서 어린 토끼 한 마리를 보았다. 토끼는 우리가 다가가자 헤더와 가시금작화 사이로 허겁지겁 달아났다. 라우리 쪽으로 난 길고 가파른 시골길을 내려가며 분홍색 애기풀, 양지꽃, 봄까치꽃을 발견했다. 리트만의 작고 하얀 초가 지붕 오두막 건너편으로 길을 벗어나 수로를 건넜고 호숫가까지 죽 이어진 습지를 지나갔다. 여기에는 가시금작화와 서양자두나무 꽃이 아름답게 피었고 습지에는 누운제비꽃과 수생 애기미나리아재비가 있었다. 하지만 습지에서 피는 꽃은 아직 많이 나오지 않았다. 송이풀 꽃도 상당히 많이 발견했다.

수로 가장자리 그늘진 쪽에는 물 위로 나온 긴 이끼 위로 고드름이 뭉쳐 달려 있었다. 채석장 바로 아래 라우리 시골길에서 대륙검은지빠귀 둥지를 보았는데 이제까지 이렇게 예쁜 둥지는 본 적이 없었다. 그것은 온통 이끼로 만들어졌고 길가에 바짝 붙어 자라는 가시금작화 덤불이 갈라지는 곳에 위치했다. 어미 새가 둥지 위에 앉아 반짝이는 검은 눈으로 우리를 응시하면서 꿈쩍도 하지 않았다.

오후에 워컴강을 가로지르는 헉워디 다리에 이르렀고 언덕을 따라 내려갔다. 강 가장자리 초지에 파란 알카넷이 벌써 핀 것을 보고 놀랐다. 작년에는 7월에야 강둑에서 볼 수 있었다. 밭두렁을 따라 앵초가 풍성했고 뻐꾹냉이, 붉은장구채, 블루벨, 서양자두나무 꽃을 땄다. 돌아오는 길에 서어나무 꽃이 핀 것을 보았다.

20 올해 처음으로 검은다리솔새를 보고 또 소리도 들었다. 얼핏 봐도 세 마리가 보이는 걸 보니 여러 마리가 이 근방에 왔나 보다. 황야 지대에서 검은딱새를 본 것도 처음이었다.

1. Pasque Flower (Anemone pulsatella) 유럽할미꽃
2. Wood Spurge (Euphorbia amygdaloides) 등대풀

47.

Chiff·chaff (*Sylvia hippolais*) 검은다리솔새

Catkins
of Hornbeam (*Carpinus betulus*)
and
Birch (*Betula alba*) 서어나무 꽃차례
자작나무 꽃차례

누운제비꽃
Marsh Violet (*Viola palustris*)   유럽블루베리
Bilberry or Whortleberry (*Vacoinium myrtilis*)
Painted Lady Butterfly (*Vanessa atalanta*)
작은멋쟁이나비

48.

Evergreen Alkanet
(anchusa sempervirens)
상록 알카넷

Treacle Mustard or Jack-by-the-Hedge
(Erysimum alliaria) 쑥부지깽이
Brimstone Butterfly (Gonepteryx Rhamni)
멧노랑나비

Ground Ivy (Nepeta glechoma) 병꽃풀

APRIL

April 22 황야 지대에서 이어져 내려온 깊고 좁은 산골짜기인 비클리 계곡에 갔다. 양쪽 비탈은 가파르고 나무가 우거졌으며 계곡 바닥으로는 플림강이 구불구불 흘렀다. 땅은 아네모네와 블루벨로 뒤덮였고 여기 저기에 앵초가 피어 있었다. 길고 멋들어진 등대풀이 붉은 줄기와 연녹색 꽃을 뽐내고 있었는데 이 식물은 난생처음 본다. 숲속 작은 빈터에서 노란색 꽃이 핀 양골담초 덤불을 우연히 발견했다. 계곡은 끝에서 끝까지 나무가 빽빽해서 새들에게는 천국과도 같은 곳이었다. 박새, 검은다리솔새, 울새, 굴뚝새가 특히 눈에 띄었다. 황새냉이 화단과 베로니카 몇 송이를 발견했다. 숲을 가로질러 계곡 반대쪽 끝에 있는 플림 다리까지 6.5킬로미터 정도 걸었다. 물까마귀 한 마리가 강 표면을 스치듯 날아 오래된 회색 돌다리 아래로 지나갔다. 다리의 틈새마다 작은 양치식물이 자라 초록빛을 띠었다. 그러고 나서는 마시밀스 역 쪽으로 계속 가서 데번셔의 좁은 시골길을 지나갔다. 이곳의 높다란 언덕에는 작년에 나온 골고사리와 스피칸트새깃아재비의 길게 갈라진 이파리가 여전히 달려 있었다. 여기에서는 제라늄 루키둠, 러브풍로초, 덩굴해란초, 쑥부지깽이 꽃을 발견했다. 3주가 넘도록 비가 오지 않아 가물었는데 밤에 비가 많이 내렸다.

23. 화창하지만 쌀쌀했다. 황야 지대에서 잡아 온 살아 있는 독사 두 마리를 보았다. 그중 한 마리의 길이는 60센티미터도 넘었다. 뱀을 잡은 신사분은 용감하게 뱀을 다루며 한 마리의 목 뒤를 잡고 막대기로 입을 억지로 열어서는 작은 분홍빛 송곳니를 보여 주었다. 땅에 내려놓자 뱀은 몸을 세워 쉭쉭거렸고 앞에 놓인 지팡이에 거듭 덤벼들었다.
예나던다운 꼭대기에서 언덕 너머로 해가 지는 것을 보았다. 지평선 가까이는 금빛과 보랏빛 구름이 장관을 이루었고 그 위로 맑은 황금색 하늘이 펼쳐졌다! 매 한 마리가 지는 해 위의 금빛 바다로 항해하듯 들어가 꽤 오랫동안 가볍게 떨리는 날개의 균형을 잡으며 가만히 떠 있었다. 그러고는 바로 아래 식물들의 보랏빛 그림자 속으로 급강하했다.

Peacock
Butterfly
and
Larva.
공작나비와 유충

25. 오늘은 푸른머리되새 둥지를 두 개 더 찾았고 알이 네 개 있는 바위종다리 둥지도 발견했다. 지난 하루 이틀 동안 버들솔새가 모습을 드러냈다. 도슬랜드 토박이인 지인이 가시금작화와 들장미로 뒤덮인 언덕을 보여 주며 분명 여기에 되새가 둥지를 짓고 있을 거라고 했다. 나는 되새를 들어 보긴 했지만 본 적은 없다. 다시 가서 찾아볼 생각이다.

27. 굴뚝새 둥지를 두 개 발견했다. 둘 다 이끼로 지어졌다. 하나는 건초 더미 쪽에, 다른 하나는 언덕에 있었다. 칼새도 보았다.

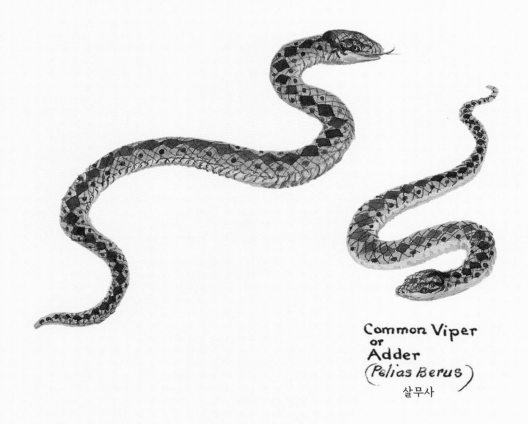

Common Viper
or
Adder
(Pelias Berus)
살무사

살무사는 잉글랜드의 어떤 지역에는 아주 많지만 다른 지역에서는 전혀 찾아볼 수 없다. 살무사의 독은 아주 강해 물리면 때로는 치명적이다. 이 때문에 시골 사람들은 살무사를 무척 무서워하고 독사인 살무사를 없애려다 독 없는 풀뱀을 죽이는 경우도 종종 있다. 하지만 살무사는 등뼈를 따라 이어지는 검은 반점으로 쉽게 알아볼 수 있다. 살무사는 개구리와 쥐, 새 등을 먹이로 삼는다. 뱀이 대부분 그렇듯 살무사도 겁이 많아 적을 공격하기 보다는 도망치는 편이다.

존 조지 우드 『자연사』

51.

April 28. 우박과 진눈깨비.

29 밤 사이 소낙눈이 많이 내렸다. 아침에 밖을 내다보니 세상이 온통 하얬다. 멀리 있는 바위산은 휘몰아치는 진눈깨비에 가려 보이지 않았다. 나중에는 해가 쨍하게 났다. 눈으로 뒤덮인 먼 바위산에 햇빛이 반사되어 아름다웠다.

우리 카운티의 다른 지역에서는 오래전부터 뻐꾸기 소리를 들었지만 여기 황야 지대에서는 아직 듣지 못했다.

30. 차가운 북동풍이 불고 비가 자주 내리는 사이사이 햇빛도 비쳤다. 4월 후반부는 춥고 폭풍우가 몰아쳤다.

그러나 부드러운 내 귀에 소리가 들렸네, 저기 있는 숲에서 들렸네.
어두운 녹색 숲속 빈터의 정령이 자신의 이름을 기쁘게 속삭이네.
그래, 바로 그다! 무리에서 떨어져 은둔하는 새가
부드러운 서풍을 타고 천천히 단조로운 기도를 드리네.
뻐꾹! 뻐꾹! 다시 노래하고, 그 소리는 기교가 없네.
그러나 가장 단순한 가락이 마음속 깊은 샘을 제일 먼저 울리네.

윌리엄 마더웰

이것은 즐거운 나이팅게일
떼를 지어 총총거리며, 날아오르네.
빠르고 크게 기분 좋은 노래를 부르네.
마치 4월의 밤은 너무 짧아
사랑의 노래를 부르지 못할까
그의 모든 영혼을 전하지 못할까 두려운 듯이.

새뮤얼 테일러 콜리지

저를 일찍 깨워 주세요, 일찍 불러 주세요, 어머니.
내일은 모든 기쁜 새해 중에서 가장 행복한 날이 될 거예요.
모든 기쁜 새해 중에서, 어머니, 가장 열광적이고 즐거운 날일 거예요.
왜냐하면 저는 5월의 여왕이 될 거예요, 어머니, 5월의 여왕이요.

현관 주위의 인동덩굴이 구불구불 엮여 나무 그늘을 만들고
초원의 도랑 옆에는 여리고 귀여운 뻐꾹냉이 꽃이 피어나고
야생 동의나물은 늪과 회색 골짜기에서 불꽃처럼 빛나고
저는 5월의 여왕이 될 거예요, 어머니, 5월의 여왕이요.

밤바람이 초원의 풀밭을 오가고, 어머니,
바람이 지나간 그 위로 행복한 별들이 반짝여요.
길었던 하루 종일 비 한 방울 내리지 않을 거예요.
그리고 저는 5월의 여왕이 될 거예요, 어머니, 5월의 여왕이요.

모든 계곡이, 어머니, 상쾌하고 고요한 초록빛이고
황화구륜초와 미나리아재비 꽃이 언덕을 뒤덮고
꽃이 가득한 계곡의 시냇물은 즐겁게 흘러가겠죠.
왜냐하면 저는 5월의 여왕이 될 거예요, 어머니, 5월의 여왕이요.

그러니 저를 일찍 깨워 주세요, 일찍 불러 주세요, 어머니.
내일은 모든 기쁜 새해 중에서 가장 행복한 날이 될 거예요.
내일은 모든 새해 중에서 가장 열광적이고 즐거운 날일 거예요.
왜냐하면 저는 5월의 여왕이 될 거예요, 어머니, 5월의 여왕이요.

앨프리드 테니슨 경 〈5월의 여왕〉

White Dead Nettle (lamium album) 광대수염
Red Dead Nettle
(lamium purpureum)
자주광대나물

미나리아재비
Wood Crowfoot
(Ranunculous auricomus)

Common Avens
(Geum urbinus)
뱀무

54.

Wild Pear (*Pyrus Communis*) 서양배나무

Germander Speedwell 봄까치꽃
(*Veronica chamædris*)

Ladies Smock or Cuckoo-flower
(*Cardamine pratensis*) 뻐꾹냉이

Cowslip (*Primula veris*) 황화구륜초

MAY

5월

5월 명칭의 유래는 잘 알려져 있지 않지만 고대 작가들은 메르쿠리우스의 어머니인 마이아Maia에서 유래했으리라고 추측했다. 고대 로마인은 이 달의 첫 날에 메르쿠리우스 신에게 희생 제물을 올렸다. 잉글랜드에서는 5월의 첫날을 메이데이(오월제)라고 부르며 옛날에 사람들은 새벽에 나가 봄의 도래를 환영했다. 오월제를 상징하는 여왕May queen을 뽑고 꽃으로 장식한 기둥Maypole을 세우고 주위를 돌며 춤을 추곤 했는데, 런던에서는 1717년에 오월제 기둥이 마지막으로 세워졌다고 한다. 로마력에서 5월은 성모 마리아의 달이다.

축일 등   **May 1.** 메이데이(오월제)

격언

"산사나무 꽃이 질 때까지는 겨울옷을 벗지 말아라."

"겨울에 코트를 벗은 이도 5월에는 기꺼이 입는다."

"5월에 양털을 깎으면 양을 모두 잃는다."

"5월에 춥고 바람이 불면 곳간이 그득해진다."

"기쁠 때나 슬플 때나 5월이 가기 전에는 콩을 심어야 한다."

MAY

Chaffinch's nest 푸른머리되새 둥지와 알
and eggs.
Hawthorn blossom and Wild Hyacinths. 산사나무 꽃과 블루벨

MAY

May 1. 여전히 쌀쌀하다. 소나기가 오락가락하는 사이로 햇빛이 환하게 비추었다. 브리스틀을 방문했다. 3주 전 지나가면서 봤을 때보다 시골 풍경은 훨씬 더 아름다워졌다. 강둑에 앵초가 무성했고 산울타리는 온통 푸르렀으며 과수원의 사과나무에는 꽃이 피었다. 그리고 오크에도 금빛이 감도는 청동색 이파리가 움트고 있었다. 서머싯의 초지는 황화구륜초로 노랗게 물들었다. 데번에서는 북쪽 경계를 제외한 곳에서 황화구륜초를 찾아볼 수 없는데, 농부들의 말에 따르면 흙이 이 꽃이 피기에는 '너무 좋아서' 그렇단다. 나이팅게일도 데번셔에서는 흔치 않다. 그들이 주식으로 삼는 곤충이 없기 때문이라고 들은 적이 있다. 맞는 말인 것 같다. 그렇지 않다면야 이렇게 꽃이 만발하고 풍요로운 잉글랜드의 한 구석이 그들에게는 낙원 같았을 테니 말이다.

2. 워릭셔로 돌아왔다. 약간 따뜻해졌지만 계속 비가 내린다.

3. 따뜻한 남서풍이 불고 비가 많이 내렸다. 서양배나무 꽃 몇 송이와 올해 첫 황화구륜초를 땄다. 대륙검은지빠귀 암컷 두 마리가 둥지에 앉아 있는 것을 보았는데 둥지 중 하나는 속이 빈 나무 안에 있었다. 꽃사과에는 이제 겨우 꽃봉오리가 맺혔고 블루벨도 마찬가지다.

4. 뻐꾸기 소리를 들었다.

6. 오늘 위드니의 시골길에서 한 쌍의 흰목휘파람새를 보았다. 경쟁하듯 덤불 사이로 서로를 쫓아다니는 내내 큰 소리로 지저귀었다. 블라이드강 옆에서는 아름다운 검은머리멧새 한 쌍을 보았다. 개울가 옆 초지에는 동의나물과 "은처럼 새하얀 뻐꾹냉이"*가 멋지게 피어 있었다. 여기에서 좀미나리아재비와 꼭두서니를 따 모았다.

7. 날씨가 아주 후텁지근하고 무덥다. 오늘 엘름던 파크의 작은 습지 숲에서 본 울새 둥지는 이제껏 본 것 중 가장 은밀하게 숨어 있었다. 황화구륜초를 따려고 몸을 굽히는데 울새 한 마리가 옆에 있는 오리나무 뿌리 아래에서 나와 손 위로 날아올랐다. 나무는 꽤 작았으나 튼튼한 뿌리 네 개가 땅 위로 솟아 올라 아치 형태로 나무를 받치고 있었다. 둥지는 뿌리 밑 빈 공간에 쏙 들어가 있었고 알이 다섯 개 있었다. 요새는 분홍색 꽃과 진홍색 꽃봉오리로 뒤덮인 꽃사과 나무와 덤불이 무척 아름답다.

---

* 윌리엄 셰익스피어의 희곡 『사랑의 헛수고』 5장 2절에 나오는 구절.

그리고 4월이 가고 5월이 오면
흰목휘파람새가 집을 짓네, 제비들도 모두!
로버트 브라우닝

Crab·apple (Pyrus malus) 꽃사과
and
White·throats and nest. 흰목휘파람새와 둥지

MAY

그러자 세상에서 가장 어여쁜 처녀인 5월이
자기 계절을 자랑스러워하며 멋지게 꾸미고 왔는데
무릎 주위로는 꽃이 쏟아져 나왔다.
그녀는 두 형제의 어깨에 타고 있었다.
형제는 레다의 쌍둥이였으며, 양쪽에서
그녀를 자기들의 여왕처럼 모셨다.
주여! 그녀를 보고 마치 황홀하다는 듯
모두 얼마나 웃으며 뛰고 춤추었는가!
또한 초록빛 큐피드는 그녀 주위를 날아다녔다.

에드먼드 스펜서

이 향긋한 5월 아침
대지가 자신을 치장하고
저 멀리 수많은 골짜기 여기저기에서
아이들이 신선한 꽃을 따는 동안
햇살이 따스하고
아기가 엄마 팔에 뛰어오르는 동안

그러니 노래하라, 너희 새들아, 기쁨에 넘쳐 노래하고 또 노래하라!
또 어린 양들이 작은 북소리에 장단 맞추듯 뛰놀게 하라
우리는 마음으로 너희 무리에 합류하리라
피리 부는 너희들아, 뛰노는 너희들아
오늘 가슴 깊이
오월제의 기쁨을 느끼는 너희들아!

윌리엄 워즈워스 〈송가〉

Red Campion
(Lychnis diurna) 붉은장구채
Wild Hyacinth
(agraphis nutans) 블루벨
Wild Beaked Parsley
(Anthriscus sylvestris) 전호

MAY

May 9 뱀무, 아주가, 질경이에 꽃이 피었고 오크에도 술처럼 늘어진 꽃차례가 달리기 시작했다. 연못가의 오래된 오리나무 그루터기 위에 지어진 쇠물닭 둥지를 발견했다. 둥지는 나뭇가지와 죽은 갈대 줄기로 만들어졌고 알 하나가 담겨 있었다. 블루벨, 붉은장구채, 전호로 커다란 꽃다발을 만들어 돌아왔다. 산울타리마다 전호 꽃의 하얀 산형 꽃차례가 보였다.

11. 몸을 둥글게 만 채 죽은 고슴도치를 길가에서 보았다.

12. 스트랫퍼드온에이번*에 갔다. 초지를 가로질러 쇼터리로 산책을 가는 길에 산울타리에서 산사나무 꽃을 따 모았다. 들판은 애기미나리아재비로 뒤덮여 노랗게 빛났고 언덕에는 파란 베로니카가 가득했다. 언덕 가운데를 지나는 철로를 따라 핀 민들레도 장관이었다.

14. 저녁에 제비꽃 숲에 갔다. 전나무와 플라타너스단풍으로 이루어진 숲은 플라타너스단풍 잎이 무성해져서 상당히 푸르고 그늘도 많다. 바닥을 뒤덮은 아룸 마쿨라툼 꽃이 만발했고 연녹색 불염포**가 토끼들이 굴을 파곤 하는 언덕의 적색토와 대비되어 빛났다. 어떤 잎집은 얼룩덜룩했고 짙은 붉은 빛이 도는 자색 잎집도 하나 발견했다. 이른 봄에 그토록 아름답던 넓고 푸른 잎사귀가 꽃이 만개하며 시들기 시작했다. 유럽너도밤나무 꽃이 피기 시작한 것을 발견했는데 새로 나온 이파리와 잘 구분되지 않았다. 오크 나무에는 벌레혹***이 잔뜩 생겼다.

16. 몇 주간 날씨가 따뜻해 꽃과 잎이 잘 자랐으나 다시 차가운 북풍과 우박을 동반한 폭풍이 몰려왔다. 아침에 북동풍이 휘몰아치는 가운데 뇌우가 강하게 쏟아졌다. 오후에는 드로잉 수업에 쓸 아룸 마쿨라툼을 채집하러 갔다. 숲을 가로질러 가다 나무 밑에서 개똥지빠귀 알 하나를 주웠다. 하얀 꽃이 가득 핀 가시칠엽수 나무가 몇 그루 있었다.

19. 오늘 아침 놀에서 돌아오는 길에 위드니에 잠시 들렀다. 블라이드강 가까이에서 검은머리멧새를 다시 보았는데 근처에 둥지를 지은 듯하다. 2주 전 왔을 때보다 강 옆 습지에도 꽃이 새로 많이 피었다. 이제 습지는 무리 지어 핀 노란 아기미나리아재비 대신 큰황새냉이의 꽃으로 하얗게 뒤덮였다.

---

* 윌리엄 셰익스피어가 태어난 마을.

** 꽃차례를 둘러싸는 커다란 총포.

*** 오크 잎에 생기는 둥그스름한 혹, 오배자五倍子.

진실한 인생을 산 사람은 누구든 진정한 사랑을 품는다.

나는 영국을 사랑하게 되었다.

종종 하루가 시작되기 전에, 아니면 오후의 비밀스러운 굴곡 속에서

나는 사냥개를 떨쳐 버리고 홀로 깊은 산속에 들어갔다.

쫓기던 수사슴이 두려움과 격노에 떨며

물에 뛰어드는 것처럼.

그리고 마침내 도망쳤을 때 비탈 위에 수많은 녹색 언덕이

나와 뒤에 적의 집 사이에 있어

나는 감히 쉬거나 주위를 돌아다닌다.

휴식이 풀을 밟는 발걸음을 가볍게 해 줄 것처럼.

그리고 대지에서 가장 완만한 골짜기를 바라본다.

(마치 영국을 만들 때 신의 손이 어루만지기만 하고

누르지 않은 것처럼!) 그렇게 신록이 아래위로 출렁인다.

기복이 너무 심하지 않고 잔물결 같은 땅

작은 언덕, 부드럽게 웅크린 듯한 하늘과 밀밭

난초가 늘어선 아늑한 계곡

보이지 않는 시냇물 소리가 가득하다.

그리고 순백의 데이지와 하얗게 언 이슬을 구별할 수 없는 넓은 초원.

곳곳에 신화적인 오크와 느릅나무가

경이로운 그늘 위에 저절로 눈에 띈다.

내 아버지의 나라는 정말이지

셰익스피어의 나라가 될 만하다.

엘리자베스 브라우닝 〈오로라 리〉

오, 벨벳 벌이여, 꽃가루투성이구나.
다리에는 온통 금빛 가루를 묻히고!
오, 용맹한 동의나물 꽃봉오리여
내게도 금화를 나눠 다오!

오, 매발톱꽃이여, 열어 다오
두 쌍의 멧비둘기가 살고 있다는 그대의 닫힌 껍질을!
오, 아룸 마쿨라툼이여
그 보랏빛 수술로 맑은 녹색 종을 울려 다오!

진 인겔로

Common Garlic
(Allium ursinum)
나도산나물

Wild Arum,
Cuckoo Pint,
or
Lords and Ladies
(Arum maculatum)
아룸 마쿨라툼

MAY

May 19 광대나물, 레이디스 멘틀, 들물망초, 나도산나물을 땄다. 나도산나물은 초록색 잎집을 뚫고 나오기 시작했다. 산울타리에 막 날기 시작한 어린 새들이 가득했다. 대부분 대륙검은지빠귀나 개똥지빠귀였다. 한 새끼 울새가 제 몸의 세 배쯤 되는 벌레를 잡으려 애쓰는 것을 보았다. 이번 주에는 여왕 말벌 두 마리를 보기도 했다.

22. 유럽호랑가시나무, 단풍나무, 마가목에 꽃이 피었다.

26. 들판을 가로질러 산책하다 풀과 토끼풀 사이에서 자라는 노란 삼색제비꽃을 따 모았다. 이 종류는 브리튼* 산악 지역의 고지대 초지와 언덕에 흔한 보라색과 노란색으로 알록달록한 마운틴 팬지만큼 예쁘지는 않다. 꽃갈퀴덩굴과 붉은토끼풀 꽃도 꺾었다.

29. 철로 사면에 서양톱풀 꽃이 핀 것을 보았다. 여동생이 하얀 범의귀를 가져왔는데 해턴 근처 들판에서 꺾었다고 한다. 땅콩, 둥근빗살현호색, 잔개자리에 꽃이 피었다.
올해 5월은 쌀쌀하고 날씨가 험했다.

---

* 잉글랜드, 스코틀랜드, 웨일스를 포함하는 영국.

Blossom of Holly and Maple 유럽호랑가시나무와 단풍나무의 꽃

Flower
of the Beech
(Fagus sylvatica)
유럽너도밤나무의 꽃

Oak-blossom
and Oak-apple
(Quercus robur)
오크의 꽃과 벌레혹

Flower
of the Sycamore
or Plane-tree
(Acer pseudo-platanus)
시카모어 혹은 플라타너스단풍의 꽃

무엇보다 나를 즐겁게 해 주는 것은
카우든노스에 아름답게 핀 금작화
향기롭고 부드럽게 핀 꽃
다른 어디에도 자라지 않는 꽃.

스코틀랜드 민요

모든 가파른 언덕에 만개한 그 꽃을 보리
잡목림을 따라 금광맥이 흐르네.

윌리엄 워즈워스

잔 가지는 황금색을 입고
그 큰 가지가 겨울 풍경에
선명한 색조와 초록 잎으로 인사하면
여름이 곳곳에 흩어지네.
****
5월 숲속의 천사가
눈부신 햇살로 자수를 놓는가
거미줄을 금빛으로
신의 불꽃으로 빛의 보석으로 단장하네.

웨일스의 다비드 아프 귈림

웨일스 사람들은 양골담초를 '초원의 오색방울새'라는 뜻의 메리노 기원Melynog-y-waun이라고 부른다. 양골담초는 예전에 플란타 게니스타Planta Genista라고도 불렸으며 영국의 옛 왕조인 플랜태저넷 가문*의 문장이었다.

---

* 플랜태저넷이란 가문의 이름은 시조인 헨리 2세의 아버지 조프루아Geoffre V, Count of Anjou가 투구에 항상 양골담초(플란타 게니스타)를 꽂고 다닌 데서 유래했다.

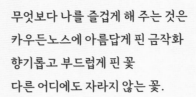

**Common Broom
(Sarothamnus scoparius)**
양골담초

애기미나리아재비
Meadow Buttercup
(Ranunculous acris)
Common Bugle (Ajuga reptans) 아주가
Yellow Heartsease (Viola tricolor)
노란 삼색제비꽃

Large Flowered Bitter Cress 황새냉이
(Cardamine amara)
Yellow Weasel Snout (Galeobdolen luteum)
광대나물

May or Hawthorn
(Crataegus oxycantha)
산사나무

오월을 알리는 수많은 꽃봉오리 중에서
들판을 축제날처럼 장식하고
용기 있게 뛰어난 자에게 도전하고
아름다운 꽃을 피우는 것은 산사나무다.
흰 드레스를 멋지게 차려 입고
변덕스러운 눈을 5월의 환희로 가득 채우리.

제프리 초서

산울타리가 모두 살아나네
새와 벌레와 크고 흰 나비 떼와 함께
마치 산사나무 꽃이 생명을 얻어
바람을 타고 날아오르려는 듯하네.

엘리자베스 배럿 브라우닝

Large Garden White Butterfly
(*Pieris Brassicae*)
큰흰나비

Blue Field Madder
(*Sherardia Arvensis*)
꽃갈퀴덩쿨

White Meadow Saxifrage
(*Saxifraga granularis*)
범의귀

Herb Robert
(*Geranium Robertianum*)
러브풍로초

'71

JUNG

Willow Warbler
feeding young.

새끼에게 먹이를 주는 버들솔새

JUNE 6월

옛 라틴 달력에서 6월은 네 번째 달이었다. 오비디우스는 이 달의 명칭이 유노Juno 여신을 기리는 데에서 유래한다고 했고, 이를 집정관 유니우스 브루투스Junius Brutus와 연관시키는 작가들도 있었다. 하지만 이 달의 명칭은 농사와 관련 있으며 곡식이 익어 가는 달을 의미했다. 앵글로 색슨인은 6월을 '건조한 달'이나 '한여름의 달', 아니면 7월과 대비시켜 '이른 온화한 달'이라고 불렀다. 하지는 6월에 있다.

『브리태니커 백과사전』

축일 등 **June 11.** 성 바르나바 축일
June 24. 하지(세례자 요한 탄생일)
June 29. 성 베드로 축일

격언

"5월에 안개가 끼고 6월이 더우면 만사형통이다."

"6월의 빗방울은 모든 것을 조화롭게 한다."

"습하고 더운 6월은 농부에게 이롭다."

"성 바르나바 축일(6월 11일)에는 낮이 하루 종일 이어지며 밤이 없다."*

"바르나바 성인의 날에 첫 풀을 베어라."

---

* 율리우스력으로는 6월 11일이 일 년 중 낮이 가장 긴 날이다.

June

June 1 북서풍이 불었다. 아침과 오후에 강한 뇌우가 퍼부었다.

2. 오늘 위드니 습지에서 유럽나도냉이 꽃이 핀 것을 보았다. 초지의 많은 부분은 애기미나리아재비로 금빛이 감돌고 들판의 일부는 수영에 꽃이 피면서 제법 붉은 빛을 띤다.

3. 햇살이 화창한 날이다. 올해 처음으로 여름 같은 날씨였다.

4. 성령강림절 월요일. 오늘도 여름 날씨였다. 애기똥풀을 따 모았고 베로니카 벡카붕가와 옐로 래틀에 꽃이 핀 것을 보았다.

5 하늘엔 구름 한 점 없고 하루 종일 햇살이 눈부시게 빛났다.

6. 아름다운 6월의 하루를 만끽했다. 여러 사람들과 야닝게일 공유지로 드라이브를 다녀왔다. 가는 길에 놀, 베데슬리클린턴, 록설, 슈를리를 지났다. 공유지는 짧게 자란 풀과 가시금작화 덤불로 뒤덮였고 서양백리향 향기가 달콤했지만 꽃은 거의 안 피었다. 잔디에는 꽃이 많이 피었는데 보라색과 빨간색 애기풀, 양지꽃, 송이풀, 황야갈퀴덩굴, 살갈퀴, 꼬리풀이 있었다. 새도 아주 많았다. 대부분 가시금작화 사이를 돌아다니는 붉은가슴방울새와 휘파람새였다. 검은딱새 한 쌍과 논종다리 몇 마리도 보았다. 가시금작화와 검은딸기나무가 있는 곳에서는 새 둥지 여덟 개를 발견했다. 노랑멧새 둥지 한 개, 붉은가슴방울새 둥지 두 개, 쇠흰턱딱새 둥지 한 개, 버들솔새 둥지 한 개, 방울새 둥지 한 개, 개똥지빠귀 둥지 두 개였다. 대부분의 둥지에는 새끼가 있었고 노랑멧새 둥지에는 알이 네 개 있었다. 유럽처녀나비가 공유지 주변을 날아다녔고 뱀눈나비랑 배추흰나비도 가득했다. 그 외에는 갈고리나비만 보였다.

8. 자전거를 타고 위드니를 가로질러 갔다. 습지에서 실미나리아재비를 따 모았다. 군데군데 갈기동자꽃도 보였다. 애기미나리아재비, 가는미나리아재비 등 모든 종류의 미나리아재비에 꽃이 피었다. 올해 오크에는 벌레혹이 깜짝 놀랄 만큼 많이 생겼는데 아무리 생각해 봐도 이렇게 많이 생긴 적은 없었던 것 같다. 오크 잎이 작은 초록색 애벌레로 뒤덮였다. 벌레혹 혹은 오배자는 작은 벌레 때문에 생긴다. 어리상수리혹벌의 애벌레는 나무에 살면서 영양분을 얻는다. 유충은 벌레혹에서 번데기로 변태하고 성충이 되면 뚫고 나온다. 벌레혹은 암컷이 가지에 구멍을 내고 알을 낳으며 분비하는 체액이나 바이러스 때문에 생기는 듯하다.

Milkwort *(Polygala vulgaris)* 애기풀
Tormentil *(Potentilla tormentilla)* 양지꽃

Smooth Heath Bedstraw *(Galium saxatile)*
황야갈퀴덩굴

Small Heath Butterfly 유럽처녀나비
(Coenonympha Pamphilus)
Meadow Brown Butterfly 뱀눈나비
(Hipparchia Janira)

JUNE

그녀 다음으로 나온 흥에 겨운 6월은 배우였기에
온통 초록색 잎으로 만든 옷을 입었다.
그는 연기도 했지만 일도 했는데
그의 쟁기 날이 그것을 잘 드러내 보였다.
그는 게를 타고 있었고 게는 비스듬히
기는 발걸음과 기이한 움직임을 보이며 뒷걸음질쳤다.
마치 거룻배 선원이 보통 목표와 반대 방향으로 힘을 쏟는 것처럼
흡사 점잖은 예절을 꾸며 대는 무례한 무리들처럼.

에드먼드 스펜서

구름 한 점 없는 하늘, 헤더로 가득한 세상
디기탈리스의 보라색, 금작화의 노란색
그 속을 우리 두 사람은 함께 걸었네.
꿀을 흩뿌리고 향기를 밟으며.
꿀벌 떼는 토끼풀에 들떠 있고
메뚜기는 우리 발 사이를 뛰어다니고
종다리는 아침에 지저귀며
신에게 이 아름다운 삶을 감사드리네.

진 인겔로

왜 당신은 화창한 그리스의 초원에 그토록 가고 싶어하나요?
우리의 새들도 아름다운 선율을 노래하고
우리의 양 떼도 풍성한 양털을 두르고 있어요.
언덕에는 꿀벌이 기울어진 배나무에서 춤추고 있어요.
알려 드릴게요, 아르카디아는
숲이 우거진 워릭셔에도 있답니다.

노먼 게일

Orange-tip Butterfly 갈고리나비
(Euchloe Cardimines)

Oxe-eye Daisy 불란서국화
(Chrysanthemum leucanthemum)

Purple Clover 붉은토끼풀
(Trifolium pratense)

White or Dutch Clover 토끼풀
(Trifolium repans)

Meadow Fox-Tail Grass 큰뚝새풀
(Alopecurus pratensis)

JUNE

June 8. 오늘 밤에 올빼미가 세인트버너즈로드 뒤쪽 정원을 가로질러 날아가는 것을 보았다. 올턴에서 올빼미를 본 것은 이번이 처음이다.

9 G가 제라늄 패움 몇 송이를 가져다 주었는데 셸던 근방 시골길 비탈에서 땄다고 한다. 아무리 생각해도 어떤 정원에서 씨앗이 날아간 것 같다. 이 식물은 야생에서 자생하는 경우가 매우 드물기 때문이다.

12. 궐마, 참반디, 레온토돈, 소화바늘꽃, 컴프리가 만개했다. 단풍팥배나무에도 몇 주 동안 꽃이 피었다. 비가 내리지 않고 화창한 날이 11일째 계속되고 있다.

13 오늘 오후에는 엘름던 파크의 배수로에서 현삼, 개구리자리를 조금 땄다. 목배풍등, 브리오니아, 가락지나물에 꽃이 핀 것도 보았다. 아침 내내 흐렸고 집에 도착하기 전에 거센 폭풍우가 시작되었는데, 오랜 가뭄 뒤라 정말 반가웠다.

14. 백당나무, 딱총나무, 숲당귀에 꽃이 피었다.

Wild Guelder. Rose
(Viburnum opulus)
백당나무

Lesser Spearwort
(Ranunculous flammula)
실미나리아재비

Brooklime
(Veronica beccabunga)
베로니카 벡카붕가

Dusky Cranesbill
(Geranium phæum)
제라늄 패움

Figwort (Scrophularia
nodosa)
현삼

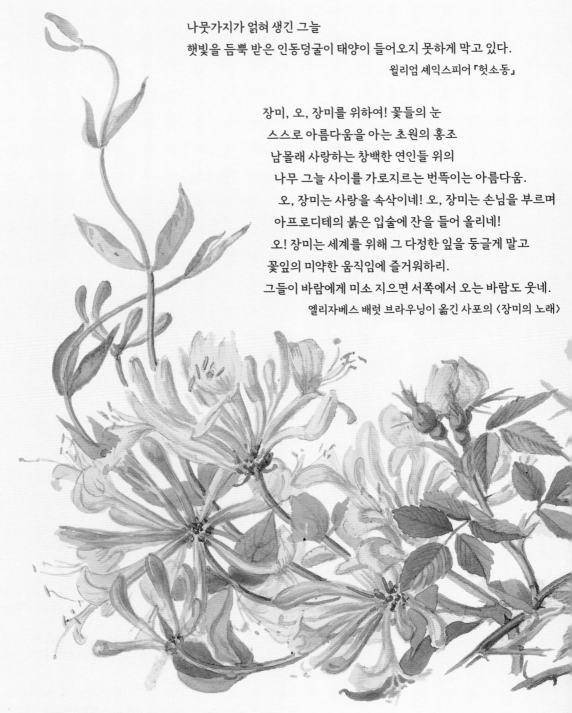

나뭇가지가 얽혀 생긴 그늘
햇빛을 듬뿍 받은 인동덩굴이 태양이 들어오지 못하게 막고 있다.

윌리엄 셰익스피어 『헛소동』

장미, 오, 장미를 위하여! 꽃들의 눈
스스로 아름다움을 아는 초원의 홍조
남몰래 사랑하는 창백한 연인들 위의
나무 그늘 사이를 가로지르는 번뜩이는 아름다움.
오, 장미는 사랑을 속삭이네! 오, 장미는 손님을 부르며
아프로디테의 붉은 입술에 잔을 들어 올리네!
오! 장미는 세계를 위해 그 다정한 잎을 둥글게 말고
꽃잎의 미약한 움직임에 즐거워하리.
그들이 바람에게 미소 지으면 서쪽에서 오는 바람도 웃네.

엘리자베스 배럿 브라우닝이 옮긴 사포의 〈장미의 노래〉

Dog Roses (Rosa canina) 개장미
Honey suckle (Lonicera caprifolium)
인동덩굴

빛나는 이슬 방울로 반짝이는
들장미가 초록색 줄 지어 피었네.

월터 스콧 경

JUNE

June 15 새들이 아침 저녁으로 노래하지만 한 달 전처럼 많은 새가 합창을 하지는 않는다.

이제 막 날갯짓을 하는 배고픈 새끼들이 있는 대가족을 돌보고 책임지는 일에는 시간과 걱정 많은 부모의 관심이 필요하다.

흰털발제비가 길가에 앉아 둥지에 쓸 진흙을 모으는 장면은 매우 보기 좋다. 깃털이 난 짧은 다리는 마치 작은 흰 양말을 신은 것 같다.

아름다운 보라색 디기탈리스가 활짝 핀 것을 우연히 발견하고는 깜짝 놀랐다. 꽃을 본 것은 이번이 처음이다.

밤이 오고, 초원은 고요하고
하루 종일 들리지 않던
목마른 시냇물 소리가 다시 흐른다.
반쯤 깎인 평원은 적막하고
풀밭은 조용하다! 수레 방울 소리
풀 깎는 기계의 외침, 경계하는 개 짖는 소리
모두 잠이 든 농장 안에 있다.
오늘 할 일은 끝났고
마지막 남은 건초 만드는 사람도 돌아갔다.

그리고 높은 곳의 백리향에서
순백의 딱총나무 꽃에서
울타리의 은은한 개장미에서
사초의 박하에서
향기를 품은 밤공기가 불어온다.
낮이 잊은 향기가 퍼진다.
그리고 멀리 지평선 너머
보라, 처음 떠오른 별이 숨 쉬는
언덕 위의 투명한 하늘!
밤이 오고, 초원은 고요하다.

매슈 아널드

Creeping Cinquefoil
(*Potentilla reptans*)
가락지나물

Black Bryony
(*Tamus communis*) 브리오니아
Wild Service Tree
(*Pyrus terminalis*) 단풍팥배나무

83.

Yellow Iris or Flag
(Iris Pseud-acoris)
노랑꽃창포

Demoiselle Dragon-fly (female)
(Calepteryx splendens)
실잠자리(암컷)

JUNE

June 16. 올해 첫 들장미 꽃을 보았다. 예쁜 분홍색 꽃이 높다란 산울타리 꼭대기에 피어 있었다. 검은딸기나무에도 꽃이 피었다. 장미와 인동덩굴에 봉오리가 가득했지만 올해는 추위가 오래 지속되어 개화가 늦다.

20 올해 첫 풀베기를 한 들판을 보았다. 사람들이 토끼풀이 자라난 들판에서 풀 깎는 기계로 작업하고 있었다. 어수리와 벌노랑이에 꽃이 피었다.

23 자전거를 타고 위드니를 관통해 달렸다. 노랑꽃창포가 이제서야 습지에서 개화했고 개울 가장자리에서는 파란색 팔루스트리스물망초를 보았다. 꽃을 좀 따려고 몸을 굽히자 아름다운 물잠자리가 물 위를 스치듯 가로지르더니 골풀 더미에 가볍게 앉았다가 곧 날아가 버렸다. 초지에서는 올해 처음으로 꽃을 피운 몇몇 식물을 보았다. 이 중에는 등갈퀴나물, 노랑연리초, 물냉이, 얼치기완두, 지느러미엉겅퀴가 있었다. 그리고 시골길에서 울타리쐐기풀과 제라늄 몰레를 보았다.

팔루스트리스물망초
Water For·get·me·not.
(Myosotis palustris)
Demoiselle Dragon·fly. (male)
실잠자리(수컷)

85.

Fox·glove *(Digitalis purpurea)*
Trailing Rose *(Rosa arvensis)*

디기탈리스
덩굴장미

JUNE

June 24th. 하지.

뻐꾸기가 음색을 바꾸기 시작했는데 머지않아 곧 '뻐꾹cuckoo' 대신에 '뻐꾸꾹cuc-cukoo'이라고 하리라. 잉글랜드 남부에는 뻐꾸기의 울음과 관련된 오래된 미신이 있다. 뻐꾸기 울음 소리가 들리면 달리기 시작해 우는 횟수를 세면서 새소리가 귀에 들리지 않을 때까지 계속 달린다. 그러면 그 헤아린 횟수만큼 명이 늘어난다고 한다. 적어도 데번셔의 할머니들은 그렇게 말한다.

뻐꾸기와 관련된 노래는 아주 많다.

4월에 뻐꾸기는 그의 시를 노래하네.
5월에는 종일 노래하고
6월에는 음색을 바꾸고
7월에는 날아오르고
8월에는 가야 하네.

뻐꾸기는 멋진 새,
날아가며 휘파람을 부네.
그녀가 뻐꾹 휘파람을 불수록
하늘은 더욱 푸르러지네.

June 25th. 캐서린드반스, 햄턴인아든, 비큰힐, 엘름던을 가로지르는 긴 산책을 했다. 들장미와 인동 덩굴 꽃이 핀 시골길은 어디를 가도 향기로웠고 토끼풀 들판과 초지의 향기를 담은 상쾌한 바람이 산울타리를 넘어 불어왔다. 길가를 따라 자라는 온갖 종류의 풀이 사랑스러웠다. 초지 곳곳에 꽃이 피어 좋은 냄새가 났다. 초지에서 꿀풀과 오이풀을, 산울타리에서는 붉은말채나무와 덩굴장미의 하얀 밀랍 같은 꽃을 따 모았다. 분홍색과 흰색 토끼풀 꽃이 피어 있고 키가 큰 풀이 끄덕이며 머리를 건드렸다. 흥분한 울새 한 쌍이 주변 덤불 속에서 파닥거리며 재잘댔다. 분명히 우리가 자기네 밭귀에서 뭘 하는지 매우 염려하는 것이리라. 길가 연못에는 아름다운 작은 잠자리가 많았는데 담청색 몸에 검은 무늬가 있었다. 엘름던 파크 연못에는 노란 수련이 만개했다!

June 28. 비가 이틀 연속으로 내린다. 아침 신문에 어제 잉글랜드의 서쪽 카운티와 남부 웨일스에서 일어나 브리스틀에서 멈블스까지 이어진 지진으로 인한 진동이 관측되었다는 기사가 실렸다.

June 30 개양귀비, 방가지똥, 개쇠뜨기 엉겅퀴, 노랑 목서초에 꽃이 피었다.
올 6월은 해가 많이 들고 종종 폭풍우가 몰아쳤으며 무척 더웠다.

초록, 오, 윤기 어린 초록의 골풀

골풀은 속삭이고, 바스락거리고, 흔들린다.

그리고 길게 뻗은 얇은 날개를 타고

보석을 단 여왕은 아니지만 그만큼 짙은 녹색 눈의

잠자리가 꽃 위를 맴돈다.

날개에 반짝이는 작은 무지개를 가진 하늘을 나는 이여.

진 인겔로

오이풀
Great Burnet
(sanguisorba officinalis)

Beaked Sedge and Common Rush.　Ragged Robin (Lychnis flos-cuculi)

큰물사갓사초와 골풀　갈기동자꽃

JULY 7월

현대 달력에서 일곱 번째 달인 7월은 한 해를 열 달로 본 고대 로마력에서는 다섯 번째 달이라는 의미로 퀸틸리스Quintilis라고 불렸다. 이후 율리우스 카이사르가 집정관일 때 태양력을 새롭게 개정하면서 그가 태어난 달을 율리우스Julius라고 부르기로 했다. 앵글로 색슨인은 초원에 많은 꽃이 피어나는 7월을 '초원의 달' 혹은 '이른 온화한 달'이라고 부른 6월에 이어 '늦은 온화한 달'이라고 했다.

중요한 날　　July 3.　삼복더위 시작
　　　　　　　July 15.　성 스위딘 축일
　　　　　　　July 25.　성 야고보 축일

격언

　　　　　　"성 스위딘 축일에 비가 오면
　　　　　　40일 동안 비가 올 것이고
　　　　　　성 스위딘 축일이 화창하면
　　　　　　40일 동안 비가 안 오리라."

　　　　　　　　"5월의 벌 떼는 건초 더미만큼 값지고
　　　　　　　　6월의 벌 떼는 은수저만큼 값지지만
　　　　　　　　7월의 벌 떼는 파리만도 못하다."

　　　　　　　　　　"7월에는 호밀을 베어라."

JULY

그 다음으로는 불타오르듯 뜨거운 7월이
자신의 옷을 모두 벗어젖히고 등장했다.
그는 끊임없는 분노로 타오르는 사자를
과감히 몰아대며 복종시켰다.
그는 등 뒤에 큰 낫을 메고 옆에는
허리띠 아래로 넓게 구부러진 낫을 차고 있었다.

에드먼드 스펜서

산비둘기는 나를 부르고
사랑스러운 바람의 웃음이 밀밭을 흔들고
저 멀리 목가적인 언덕은 완만한 경사를 이루고
사초가 무성한 개울 옆에는
붉은 황소가 모여 물속을 걷거나 목을 적신다.

진 인겔로

벌노랑이는 숲의 작은 빈터를 노란색으로 물들이고
연회색 잎 양지꽃도 노랗게 피어난다.
바위채송화도 노란색, 이끼 언덕도 노란색이다.
푸른 밀이 흔들리며 노랗게 익어가고
녹황색 청딱따구리가 웃으며 잡목림에서 불쑥 튀어나온다.
음영의 경계선이 낫처럼 날카롭다.
대지는 마음껏 웃으며 하늘을 바라보고
수확을 생각하며 나는 내 사랑을 생각한다.

조지 메러디스

JULY

White Water Lily 흰수련
(Nymphæa alba)
Great Dragonfly 왕잠자리
(Ictinus pugnax)

JULY

July 1 흐리지만 북서풍이 부드럽게 불었다.

6. 사흘째 화창한 날이 이어지고 닷새째 비가 내리지 않는다. 오후에 F양이 꿀벌난초 몇 송이를 가져다 주었다. 버크셔에서 야생으로 자라는 것을 따 왔다고 한다.

7. 자전거를 타고 위드니를 지나 놀까지 갔다. 산울타리에는 이제 갖가지 야생화가 뒤엉켜 핀다. 들장미 가운데 먼저 피는 개장미와 나중에 피는 하얀 덩굴장미가 활짝 펴 근사한 풍경을 만들었다. 산울타리 여기저기는 브리오니아와 인동덩굴 화환으로 장식된 듯하다. 옅은 분홍색 검은 딸기나무 꽃과 커다란 하얀 딱총나무 꽃차례가 어디에서나 눈에 띄었다. 언덕에는 키 큰 보라색 디기탈리스와 꽃가루가 잔뜩 달려 하늘대는 풀꽃 송이, 보라색과 노란색 살갈퀴, 토끼풀 꽃이 뒤섞여 피었다. 위드니 습지의 한쪽은 팔루스트리스물망초가 피어 푸르렀고 배수로에는 크림색 꼬리조팝나무가 자라고 있었다. 올 봄 나방 애벌레에 큰 타격을 입은 오크 주변으로는 수많은 작은 초록색 나방이 이리저리 날아다녔고 쐐기풀나비와 뱀눈나비도 많이 있었다. 밀밭에 개양귀비 꽃이 가득한데 푸른 잎사귀 사이로 보이는 커다란 개양귀비 꽃의 빨간색과 보라색이 아름다웠다. 팩우드 하우스의 연못에서 가져온 흰 수련을 선물 받았다.

꿀벌난초
Bee Orchis
(Ophrys apifera)

11 기차를 타고 놀에 가서 들판을 가로질러 팩우드까지 산책했다. 대부분의 들판에서 건초를 만들고 있지만 교회 초지의 풀은 아직 베지 않았다. 교회 초지는 지대가 낮고 습해서 풀 사이에 꽃이 많다. 오이풀의 짙은 진홍색 꽃송이, 서양톱풀, 꿀풀, 옐로 래틀, 수레국화, 손바닥난초, 노란색과 보라색 살갈퀴 등이 있었다. 방울새풀을 한 다발 꺾었고 개울에 놓인 작은 다리에서 흑삼릉을 모았다. 밭을 지나다 거의 모든 밀 줄기마다 덩굴 식물이 휘감겨 있는 것을 알아챘는데 꺼끌꺼끌한 특이한 과피가 달린 좀미나리아재비가 상당히 많았다. 길가에서 우드세이지, 색이 밝은 광대나물, 선갈퀴, 가는고추나물, 서양고추나물, 흰색과 분홍색 당아욱, 장미, 분홍바늘꽃, 노랑연리초, 들벌노랑이, 체꽃, 올해 처음 본 실잔대를 따 모았다. 쥐똥나무에는 꽃이 만발하고 유럽피나무는 단단하고 둥근 초록색 꽃봉오리가 막 벌어지기 시작했다.

Small Tortoiseshell
(*Vanessa Urticæ*)
쐐기풀나비

Meadow Sweet
or
Queen of the Meadow
(*Spiræa salicifolia*)
꼬리조팝나무

Small Upright St John's Wort
(*Hypericum pulchrum*)
가는고추나물

Stinging Nettle
(*Urtica Dioica*)
쐐기풀

JULY

July 14. 어제 하루 종일 폭우가 내리더니 오늘은 화창하게 개었다. 매주 하던 대로 자전거를 타고 놀에 가다가 솔체꽃, 체꽃, 서양개보리뺑이, 미나리, 방가지똥, 조뱅이, 왕고들빼기의 꽃이 새로 피어난 것을 보았다. 뿐만 아니라 여러 종류의 조팝나물도 보았다. 올해 애벌레가 초토화시킨 오크에도 새 이파리가 제법 나고 있다.

16. 대륙검은지빠귀 한 마리가 높은 산사나무 산울타리 꼭대기에 둥지를 짓고 앉아 있는 것을 보았다. 오크잎말이나방의 애벌레 때문에 오크 이파리가 남아나지 않았다.

July 21. 자전거를 타고 베데슬리까지 간 다음 발살템플까지는 걸어갔다. 몇 년 전 개울 옆에 캔터베리초롱꽃이 자라는 걸 발견했다. 가서 다시 찾을 수 있을까 염려했지만 기우였다. 가파른 길을 따라 죽 내려가 다다른 깊은 배수로에서 종 모양 보라색 꽃송이가 달린 기다란 수상 꽃차례가 꼬리조팝나무와 쐐기풀 사이에서 한눈에 들어왔다. 쐐기풀도 머리 위에서 아른거려 못 보고 지나칠 수가 없었다. 초지를 가로질러 이제 막 털부처꽃이 피기 시작한 작은 강 기슭으로 갔다. 그곳에서 푸른색 숲이질풀도 보았다. 개울가에는 현삼과 연한 금빛의 둥근 꽃이 달린 작고 귀여운 흑삼릉이 많이 있었다. 팔루스트리스물망초도 곳곳마다 무성했고 한쪽 개울 바닥은 노란 수련으로 뒤덮였다. 기슭 가까이에 자라는 수련 두 송이와 넓고 반질한 이파리를 하나 채집했다. 아름다운 물총새 한 마리가 물 위를 스치듯 날아가는 것을 보았다. 키가 큰 골풀 화단도 있었는데, 골풀의 키는 180센티미터도 넘었고 줄기는 청록색이었으며 갈색 꽃이 뒤엉켜 덩어리져 있었다. 부들의 한 종류라고 생각된다. 사초가 무성한 개울이 초지 가운데로 구불구불 흐르고 물가를 따라 꽃과 골풀 무리가 자라는 아름다운 시골 풍경이 펼쳐졌다. 길을 벗어나 1.6킬로미터 정도 좁은 시골길을 따라 내려갔지만 작년에 이곳에서 자라던 파툴라 초롱꽃의 흔적을 찾아볼 수 없었다. 발살템플 바로 위쪽에 있는 시골길을 따라가다 엄청난 뱀눈나비 떼와 맞닥뜨렸다. 길을 가다 여러 마리를 보긴 했지만 이곳에서는 사방에 날아다니는 나비로 공기가 갑갑할 정도였다. 길의 한쪽 가장자리에는 왕포아풀이 넓게 퍼졌고 광대나물과 수레국화가 가파른 언덕을 뒤덮었다. 언덕 위에는 꽃이 잔뜩 핀 쥐똥나무 산울타리가 있었다.

흑삼릉
Branched Bur Reed (Sparganium ramosum)
Common Flowering Rush (Butumos umbellatus)
구주꽃골

손바닥난초
Spotted Palmate Orchis (Orchis maculata)
Rose-bay Willow Herb (Epilobium augustifolium)
분홍바늘꽃

붉은 꼬리 호박벌
Red-tailed Humble Bee
(Bombus lapidarius)

붉은제독나비
Red Admiral
Butterfly (Vanessa Atalanta)

Purple Tufted Vetch 등갈퀴나물
(Vicia cracca)
Meadow Vetchling 노랑연리초
(Lathyrus pratensis)
Greater Bird's-foot Trefoil
(Lotus major) 들벌노랑이

Lesser Bird's-foot Trefoil 서양벌노랑이
Lady's Slipper or
Lady's Fingers & Thumbs (Lotus corniculatus)

97.

Common Nipplewort
(Lapsana communis)
서양개보리뺑이

Bitter-sweet
(Solanum dulcamera)
목배풍등

Fine Bent Grass
(Agrostis vulgaris)
겨이삭

Flower of Lime
or Linden Tree
(Tilia Europæa)
유럽피나무 꽃
Common Bumble Bee
(Bombus terrestris)
서양뒤영벌
Hive Bee
(Apis mellifica)
꿀벌

Privet (Ligustrum vulgare)
쥐똥나무

99.

Small Bindweed
(*convolvulus arvensis*)
서양메꽃

개밀
Couch Grass
Quaking Grass
방울새풀

아페라
Silky Bent Grass
Brome Grass
참새귀리

Giant Campanula
(Campanula persicifolia)
페리시키폴리아 초롱꽃

Common Agrimony
(Agrimonia eupatoria)
등골짚신나물

JULY

July 21. (계속) 나비들은 쥐똥나무의 강한 향기에 이끌려 이곳에 왔을 것이다. 건조한 밭의 둔덕에서는 등골나물을, 밭귀의 마른 이회토* 채취장 바닥에서는 우단담배풀의 연노란색 수상 꽃차례와 청록색 이파리를 발견했다.

23. 좁은잎해란토, 돼지풀, 쑥국화에 꽃이 피었다.

31. 후텁지근한 날. 이번 달은 올 여름 최고 기온을 갱신했다.

---

* 점토와 석회가 섞인 흙, 비료의 재료.

Yellow
Water Lily
(Nymphæa lutea)
개연꽃

103.

Great Hairy Willow Herb
(*Epilobium hirsutum*)
큰바늘꽃

Purple Loose-strife
(*Lythrum salicaria*)
털부처꽃

Meadow
Crane's-bill
(Geranium pratense)
숲이질풀

Yellow Toadflax
(Linaria vulgaris)
좁은잎해란초

Common Ragwort
(Senicis jacobéea)
금방망이

Magpie Moth.
줄노란가지나방

105.

Creeping Plume Thistle
(Cnicus arvensis)
조뱅이

Welted Thistle
(Carduus acanthoides)
지느러미엉겅퀴

Cotton Thistle.
(Onopordum arcanthium)
큰지느러미엉겅퀴

8월 8월

8월의 명칭은 아우구스투스 황제에서 유래한다. 그가 8월에 태어난 것은 아니고 그에게 가장 행운이 따른 달이기 때문이다.* 예전에 7월은 31일까지, 8월은 30일까지 있었다. 그런데 아우구스투스가 율리우스에 비해 뒤지지 않아야 한다는 생각에서 8월에 하루가 추가됐다.

『브리태니커 백과사전』

August 24th 성 바르톨로메오 축일.

격언

"성 스위딘이 흘릴 수 있는 모든 눈물을 성 바르톨로메오의 망토로 닦는다."**

"성 바르톨로메오(축일 8월 24일)가 찬 이슬을 가져온다."

"8월 24일이 맑으면 풍요로운 가을을 희망해 보자."

---

* 아우구스투스는 황제가 되기 전 여러 전쟁을 치렀는데 그중 서기전 30년 8월에 알렉산드리아를 함락한 사건이 결정적이었다.

** 성 스위딘 축일(7월 15일)부터 성 바르톨로메오 축일(8월 24일)까지 40여 일간 비가 오더라도 이 즈음에는 비가 멈춘다는 뜻.

AUGUST

가장 아름다운 달!
여름 여왕이 햇빛으로 빛나는 옷을 입고
그 해의 전성기를 맞이하고
달콤한 8월이 모습을 드러낸다.

R. 콤 밀러

수컷 붉은 뇌조가 날개를 펄럭이며
만발한 헤더 가운데서 뛰어오르네.
자, 우리도 즐겁게 돌아다니자.
자연의 매력을 둘러보자.
바스락거리는 곡식, 열매 달린 산사나무와
모든 행복한 생물을.

로버트 번스

풀고사리 위에는 바람 한 점 없고
호수에는 잔물결 하나 없네.
둥지 위에서 흰꼬리수리는 꾸벅꾸벅 졸고
사슴은 풀밭을 찾아다니네.
작은 새는 큰 소리로 울지 않고
활기찬 송어는 움직이지 않네.
저기 뇌운이 캄캄하게 드리우고
보라색 장막처럼
벤레디의 먼 언덕을 감싸네.

월터 스콧 경

AUGUST

AUGUST

Aug 1. 남서쪽에서 산들바람이 불어온 따뜻하고 화창한 날이다.

2. 꽃이 핀 택사를 따 모았다.

4. 개양귀비를 따러 밀밭에 갔다. 이른 아침에 내린 강한 비로 대부분의 꽃이 꺾였다. 세 종류의 봄여뀌가 밀밭에서 자라고 있었다. 집에 가다 상당히 많은 실잔대가 밭두렁에 있는 것을 발견했다.
추수가 시작되었다.

9. 칼라일까지 가서 실잔대, 좁은잎해란초, 조팝나물로 뒤덮인 언덕 사이에 있는 컴벌랜드의 시골길을 따라 13킬로미터 정도 드라이브했다. 길가 산울타리에 길게 늘어진 인동덩굴과 달콤한 향을 풍기는 솔나물이 바람에 흔들거렸다. 들판 곳곳이 돼지풀로 노랗게 빛났다.

11. 퍼스셔 캘런더로 계속 여행했다.

14th. 오번에 갔다가 웨스트 하일랜드 철도를 타고 돌아왔다. 길가에 야생화가 만발했다. 언덕에는 미역취, 블루벨, 헤더가 있었고 늪지와 습지대에는 꼬리조팝나무, 큰바늘꽃, 서양벌노랑이, 수레국화, 체꽃 종류가 있었다. 벌레잡이제비꽃과 아스포델은 이미 꽃이 졌다.

17. 자전거를 타고 멘티스 호수를 지나 애버포일까지 간 다음 아크레이 호수, 카트린 호수, 베나카 호수 쪽으로 돌아왔다. 먼 풍경까지 선명하게 보이는 맑고 쾌청한 날이었다. 애버포일과 트로삭스 사이 언덕의 능선에서 월귤나무에 밝은 진홍색 열매가 맺힌 것을 보았고 끈끈이주걱에 꽃이 핀 것도 발견했다. 베나카 호수 근처에서는 용담을 조금 찾았다.

23. 하일랜드의 소 떼를 스케치하러 푸팅스톤힐로 갔다. 작고 아름다운 보라색 삼색제비꽃이 잔디에서 자라고 있었다. 헤더와 노간주나무 덤불 한가운데 있는 커다란 습지를 우연히 발견했는데 물매화풀이 가득했다. 노간주나무 열매는 아직 초록색이다.

24. 산비탈에서 수멧닭 몇 마리를 보았다.

Greater Water Plantain
(Alisma plantago) 택사

Creeping Loose-strife
부처꽃

Common Red Poppy
(Papaver Rhœas)
개양귀비

Hare-bell
(Campanula rotundifolia)
실잔대

Mayweed
(Matricaria inodorata)
개꽃

113.

Sneeze-wort Yarrow
(Achillea Ptarmica)
큰톱풀

Devil's-bit Scabious
(Scabiosa succisa)
체꽃

Common Eye-bright
(Euphrasia officinalis)
좁쌀풀

Heather or Ling
(*Calluna vulgaris*)
헤더

Cross-leaved Heath
(*Erica Tetralix*)
크로스리브드 헤더

Fine-leaved Heath.
(*Erica cinerea*)
벨 헤더

미역취
Golden Rod (Solidago vulgaris)
Hips of Villous Rose (Rosa villosa)
애플 로즈 열매

August

Aug. 25. 스트레사이어와 로컨헤드를 지나 세인트필란스까지 자전거를 타고 갔다. 그곳은 언 호수의 발원지다. 계곡 곳곳에서 건초를 만들고 있는데 비가 계속 내려 물에 잠긴 곳이 많았다. 나무와 덤불에 달린 열매가 익기 시작했다. 특히 마가목, 산딸기(하일랜드에 아주 풍성하다), 커다란 진홍색 들장미 열매가 눈에 띄었다. 세인트필란스에서 올해 첫 검은딸기를 땄다. 언 호숫가 북쪽으로 10킬로미터가량 이어지는 길은 무척 아름답다. 한쪽으로는 호수의 물이 철썩거리고 반대쪽은 가파른 숲이다. 그 길에서 이제까지 본 나무 중에서 가장 아름다운 낙엽송을 보았다.

28 오늘 들판을 가로질러 소 떼가 있는 곳으로 산책을 갈 때 도요새 한 마리가 발치의 풀에서 날아올랐다. 곧이어 마도요가 들판에 내려앉았다. 수많은 유럽찌르레기가 풀을 뜯는 소 떼 주변을 맴돌고 있었다. 새들은 들판을 돌아다니는 동물을 따라다니면서 소를 피해 나오는 곤충을 잡아 먹는다.

이번 달에 잉글랜드는 기록적일 정도로 해가 쨍쨍했지만 스코틀랜드에는 거의 내내 비가 내렸다.

117.

Red Bear-berry
(*Uva ursa*)
월귤나무

Bog Myrtle or Sweet Gale
(*Myrtica gale*)
들버드나무

Grass
of Parnassus
(*Parnassia palustris*)
물매화풀

Purple Heart's-ease
(*Viola lutea*)
보라색 삼색제비꽃

119.

Thrush feeding
on the berries
of the Rowan
or Mountain Ash.
(Pyrus aucuparia)

마가목 열매를 먹는 개똥지빠귀

August

그녀는 산이 바다로 이어져 내려가는 곳
그리고 강과 파도가 이야기하는 곳에 살았다.
메노로완의 황금 마가목
그들이 그녀에게 붙여 준 이름이다.

그녀는 어떤 상황에서도 서두르거나
망설이지 않는 영혼을 지녔다.
메노로완의 황금 마가목
시간마저 그녀를 위해 멈추었다.

함께 놀던 친구들은 성장하여 연인이 되었지만
수줍은 방랑자
메노로완의 황금 마가목은
사랑은 자신을 위한 것이 아님을 알았다.

그녀의 사랑은 야생 동물에게 바쳐졌다.
메노로완의 황금 마가목에서
다람쥐가 조잘대는 소리를 듣는 것으로
그녀는 충분히 기뻤다.

그녀는 상냥한 햇빛이 비추는 언덕에서 자곤 한다.
그곳은 한낮에도
메노로완의 황금 마가목에는
종종 그늘이 졌으니까.

새빨간 열매가 열리고
새빨간 작은 가지를 흔든다.
메노로완의 황금 마가목
그녀는 꿈에서 깨지 않는다.

오직 바람만이 슬피 우는 자와 위로하는 자를 위해
그녀의 무덤 위를 지난다.
그리고 '메노로완의 황금 마가목'이란 이름만이
우리가 기억하는 그녀의 전부다.

블리스 카먼

September 9월

고대 로마력에서 9월은 일곱 번째 달이었다. 앵글로 색슨인은 9월을 '보리의 달'이라고 불렀다.*

축일　September 21.　성 마태오 축일
　　　 September 29.　성 미카엘 혹은 성 미카엘 대천사 축일

격언

"9월 첫날의 날씨가 좋으면 한 달 내내 날이 좋다."

"성 미카엘 대천사 축일에 나무를 심고 자라라고 명하라.
 성촉절에 이들을 자라게 해 달라고 간청하라."

"과실을 다락에 넣을 때까지 9월의 바람이 부드럽기를."**

"성 마태오 축일 즈음이면 찬 이슬이 내린다."

"9월에 우물이 마르거나 다리가 무너져 내린다."***

---

*　이 달에 통보리를 수확한 데서 유래한 명칭.
**　과일 수확을 끝낼 때까지 가을 강풍이 불지 않기를 기원하는 말.
***9월에는 가뭄과 홍수가 모두 발생한다는 뜻.

September

House Sparrows
and
Oats.

집참새와 귀리

September

내가 가장 사랑하는 것은
거미줄에 매달린 아침 이슬이 노랗게 빛나는 9월의 아침
작은 떨림도 없는 생각에 잠긴 나날
떼까마귀의 울음소리, 황동색 나뭇잎
짚단과 곳곳에 보이는 그루터기.
통제할 수 없는 봄의 찬란함보다
가을이 내 영혼에 어울리네.

알렉스 스미스

옛이야기 속에 나오는 성벽과
눈 덮인 산마루에 찬란한 빛이 내리네.
기다란 빛줄기가 호수를 가로질러 나부끼고
야생의 폭포가 영광 속에서 뛰노네.
불어라 나팔이여, 불어라, 야생의 메아리가 날도록 하라.
불어라, 나팔이여, 대답하라, 메아리여, 여리게, 여리게, 여리게.

오, 들어라, 오, 들어 보라! 얼마나 가늘고 선명한지
점점 더 가늘어지고, 점점 더 선명해지고, 점점 더 멀리 가는지!
오, 산의 벼랑과 절벽 저 멀리서부터 달콤하게 들리는
희미하게 부는 요정 나라의 뽈피리 소리!
불어라, 자줏빛 계곡이 응답하게 하라.
불어라 나팔이여, 응답하라, 메아리여, 여리게, 여리게, 여리게.

앨프리드 테니슨 경

Goldfinch
feeding on
Thistle-seed.

엉겅퀴 씨를 먹는 오색방울새

September

Sept 1. 가장 더운 날이었다. 사흘째 계속해서 햇빛이 눈부시게 비친다. 자전거를 타고 둔을 거쳐 던 블레인으로 갔다. 가는 길은 나지막한 언덕에 나무가 우거진 구릉이었고 멀리 보이는 풍경 이 아름다웠다. 길은 대부분 티스 강을 따라 구불구불 이어졌다. 귀리 추수가 시작되었다.

17. 베나카 호수 윗부분까지 노를 저어 가서는 호숫가에서 피크닉을 했다. 언덕 위의 고사리는 청동색과 노란색을 띠기 시작했다. 잘려 나간 고사리는 햇빛에 바싹 말라 언덕을 붉은색과 갈색으로 물들였다. 나무의 색은 그대로였다. 집으로 돌아오는 길에 호수 너머로 멋진 석 양을 보았다. 동쪽 언덕 꼭대기에 빛이 반사되어 아름다웠다. 노란색, 붉은색, 갈색이 빚어 낸 온갖 색조가 산기슭으로 내려가면서 점차 보라색과 회색으로 짙어졌다.
금빛이 도는 특이한 갈색 먼지가 호수 표면 전체에 떠 있었다. 헤더 꽃가루가 언덕 아래로 내 려온 게 아닐까 생각했다.

22. 멘티스 호수까지 걸어갔다 언덕을 가로질러 돌아왔다. 스코틀랜드에 있는 대부분의 호수 와 달리 멘티스 호숫가는 평평한 습지이고 이곳을 둘러싼 널따란 갈대밭은 온갖 종류의 물 새를 위한 훌륭한 쉼터다. 멘티스 호수는 강꼬치고기가 많기로도 유명하다. 호숫가에 있는 작은 여관의 응접실 벽에는 호수에서 잡은 물고기의 박제 표본이 케이스에 담겨 걸려 있다.

노간주나무 열매
Juniper berries
(Juniperus communis)
Round-leaved Sundew
(Drosera rotundifolia)
끈끈이주걱

Seed·vessels
of
Bog Asphodel
아스포델의 과피

Fruit
of Spanish Chesnut (Castanea vesca) 유럽밤나무 열매
and
Horse Chesnut (Œsculus Hippocastanum) 가시칠엽수 열매

September

Sept 22. (계속) 멘티스 호수 안의 섬 중 한 곳에 있는 인치마홈 수도원으로 노를 저어 갔다. 이곳에는 수도사들이 심었다고 하는 유럽밤나무 노거수와 여태껏 본 것 중 가장 큰 개암나무가 있다. 그리고 메리 여왕이 심었다는 회양목도 있다. 대부분의 유럽밤나무는 푸르고 싱싱했으며 멋지게 휘어진 몸통에 열매가 가득 달려 있었다. 개암나무도 마찬가지였다.

폐허가 된 수도원 담은 작은 돌좀고사리로 뒤덮여 푸르렀고 위에는 실잔대의 보라색 꽃이 하늘거렸다. 티스 계곡과 멘티스 호수 구역 사이의 높은 산마루를 넘어가며 광활한 토탄 지대를 가로질렀다. 이끼와 습지 식물은 색이 아주 선명했다. 그중 아스포델 과피의 오렌지색, 이끼의 짙은 진홍색과 아주 옅은 초록색이 특히 두드러졌다. 헤더는 이제 거의 갈색으로 변하기 시작했고 여기저기 살짝 분홍빛이 남아 있다.

Sept 25. 스코틀랜드여 안녕. 이제 다시 미들랜드로 돌아간다.

Sept. 30. 아직 이파리 색이 바뀐 나무는 거의 없다. 몇몇 유럽너도밤나무는 잎이 쪼글쪼글해지거나 떨어져서 상당히 헐벗었다. 이는 분명 긴 가뭄 탓이다.

완벽한 날씨가 계속 이어지고 있다. 낮에는 뜨거운 햇빛이 비치고 밤에는 차갑고 맑으며 아침에는 안개가 낀다.

September

곡식이 익어 알곡이 가득해지면
여기저기 사람들이 수확하러 나오네.
어느 날 아침 나는 마음을 잠재우고
초원으로 발걸음을 옮겼네.
엉겅퀴 위에 오색방울새가 앉아서
씨앗을 흩뿌리며 쪼아 먹고
굴뚝새들은 귀여운 소문을 퍼트리거나
불쑥 시작된 노래를 함께 부르네.

진 인젤로

Fruit
of
Wild Guelder Rose
(Viburnum opulus)

백당나무 열매

131.

Fruit
of Dog Rose (*Rosa canina*) 개장미 열매
and
Blackberry 검은딸기 열매

October

10월

10월은 고대 로마력으로는 여덟 번째 달이다. 슬라브인은 이파리 색이 바랜다는 의미로 이 달을 '노란 달'이라고 부른다. 앵글로 색슨인은 10월의 첫 보름달이 뜰 때 겨울이 시작된다고 여겼다.

축일   October 18.   성 루카 축일
        October 28.   성 시몬과 성 유다 타대오 축일

격언

"3월 1일쯤에는 까마귀들이 짝을 찾아 돌아다니기 시작하고
 4월 1일쯤에는 가만히 앉아 있다가
 5월 1일쯤이면 날아가 버리더니
 10월의 비바람이 불면 다시 살금살금 탐욕스럽게 돌아온다."

"돼지와 도토리와 나무 열매를 날려 버리는
 굉장한 돌풍이 부는 멋진 10월."

"10월에 들에 퇴비를 뿌리면
 땅이 그대를 풍요롭게 만들리라."

October

Yellow-Hammers
feeding in stubble

그루터기만 남은 밭에서 먹이를 먹는 노랑멧새

October

그리고 흥겨움 가득한 10월이 왔다.

에드먼드 스펜서

이 고원 지대에

가시금작화 적시는 이 이슬 위에

초록빛, 황금빛으로 반짝이는

모든 은빛 섬세한 거미줄 위에

고요하고 깊은 평화가 있을 뿐.

가을 나무 그늘이 드리워진

그대 거대한 평원과

혼잡한 농장과 가물거리는 탑 위에 어리는

고요하고 적막한 빛이 뛰노는 망망대해와 뒤섞인다.

앨프리드 테니슨 경

풀밭에는 여전히 블루벨이 남아서

양 치는 들판을 장식하고

숲에는 두 번째 피어난 꽃들이 만발했다.

꽃들은 은은한 색을 띠고 아무 향기도 내뿜지 않는다.

그러나 꽃이 아니라 열매가 산림을 둘러싸고 가을 산등성이를 감싼다.

불그레한 열매는 잎이 반쯤 떨어진 가시나무를 덮고

검은딸기나무는 그 칠흑 같은 열매 무게에 구부러진다.

개암나무는 적갈색 나뭇가지를 늘어뜨려

시냇물에 담그고 휩쓸려 가고, 낙엽이 떨어진 강둑을

잠길 듯 위협한다. 때때로 조각상처럼 나는 생각에 잠겨

냇물을 바라보고, 꿈꾸는 눈으로 물보라 또는

마가목 가지나 수확한 곡식 다발이

아찔한 물결을 타고 빠르게 흘러가는 것을 바라본다.

제임스 그레이엄

October

Oct. 1. 포근하고 화창한 날이다. 이제 꽃이 핀 야생화는 별로 없다. 오늘은 체꽃과 자주광대나물을 조금 따 모았고 흰 서양메꽃이 산울타리 꼭대기에 핀 것을 보았다. 검은딸기가 지천이고 온갖 종류의 베리가 풍성하게 열렸다. 그림을 그릴 요량으로 긴 목걸이처럼 진홍색 열매가 줄지어 달린 브리오니아와 밤이 잔뜩 달린 가지를 채집했다.

2. 비가 내리고 남서풍이 불었다.

3. 칼새가 모두 사라졌고 며칠 동안 흰털발제비가 날아다니는 것도 보지 못했다. 퍼스셔를 떠나기 한참 전에는 많은 흰털발제비가 지붕에 모여 떠날 준비를 하는 것을 침실 창문 너머로 매일 아침 보곤 했다. 제비는 아직 있지만 대다수는 남쪽으로 가 버렸다.
울새가 다시 지저귀기 시작했다.

5. 오늘은 참새와 박새가 파닥거리며 여기저기 날아다니고 씨가 잘 여문 정원의 해바라기를 꽉 붙잡고 있는 모습을 관찰했다. 새들이 벌레, 특히 딱정벌레와 집게벌레가 해바라기 씨 사이 빈 공간에 숨기를 좋아한다는 것을 발견한 게 분명하다. 여전히 후텁지근하고 소나기가 잦다.

10 들판을 지나 엘름던 파크로 산책을 가면서 꼬리풀의 작고 푸른 꽃송이를 여럿 보았다. 꼬리풀과 개꽃, 분홍빛이 도는 붉은장구채, 뒤늦게 핀 검은딸기가 오늘 본 야생화 전부다. 붉은장구채는 겨울에도 날씨가 온화하면 때아닌 꽃을 계속해서 피워 낸다. 엘름던 파크에 있는 단풍팥배나무가 요새 아주 멋지다. 이파리의 윗부분은 진홍과 다홍색이고 아래로 가면 짙은 오렌지색을 띤다. 몇몇 다른 나무의 색도 바뀌기 시작했지만 아직 대부분의 이파리는 초록색이다. 그림 재료로 쓸 단풍팥배나무 열매와 도토리를 조금 집에 가지고 왔다.

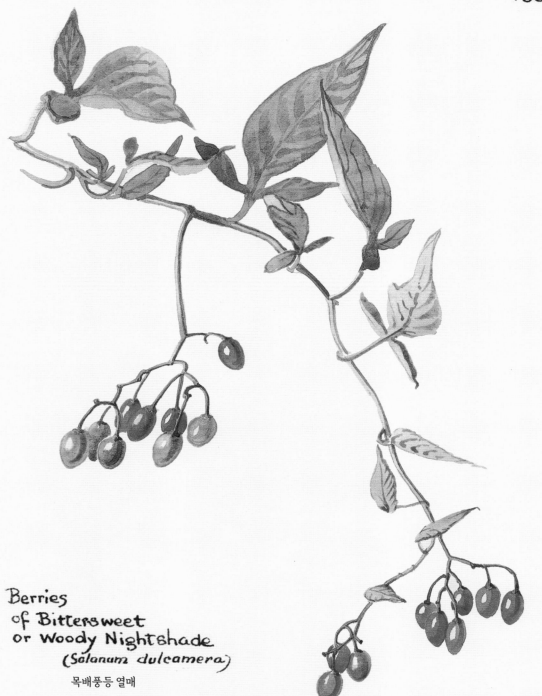

Berries
of Bittersweet
or Woody Nightshade
(Solanum dulcamera)

목배풍등 열매

유럽개암나무
Hazel Nuts (*Corylus avellana*)
and Acorns (*Quercus pedunculata*)
도토리

내가 사랑하는 삶을 주소서.
나머지는 나를 지나쳐 가게 하소서.
위에는 행복한 천국을
곁에는 걸을 길을 주소서.
별이 보이는 수풀에서 자고
강물에 적신 빵을 먹으리.
그것이 나같은 남자의 인생.
영원한 인생이네.

종말은 빠르든 늦든 오게 하시고
되어야 할 것을 이루소서.
주변을 땅으로 감싸고
내 앞에 길을 주소서.
나는 부유함도, 희망이나 사랑도
나를 알아줄 친구도 구하지 않으리.
내가 구하는 것은 하늘의 천국과
발 아래의 길뿐이네.

가을이 내게 오게 하소서.
내가 서 있는 땅에
나무의 새는 조용하고
추위에 손가락은 파랗게 되었네.
밀가루처럼 하얗게 땅에 서리가 내리면
따뜻한 불 옆에서 안식을 갖네.
나는 가을에 굴복하지 않으며
겨울조차 나를 꺾지 못하리.

종말은 빠르든 늦든 오게 하시고
되어야 할 것을 이루소서.
주변을 땅으로 감싸고
내 앞에 길을 주소서.
나는 부유함도, 희망이나 사랑도
나를 알아줄 친구도 구하지 않으리.
내가 구하는 것은 하늘의 천국과
발 아래의 길뿐이네.

로버트 루이스 스티븐슨

October

아래는 내가 올 가을에 근방에서 채집한 열매의 목록이다. 워릭셔의 다른 지역에는 다른 품종이 있겠지만 그렇게 많지는 않다.

서양배, 꽃사과, 두 종의 서양자두, 검은딸기, 장미 열매, 산사나무 열매, 가시칠엽수 열매, 유럽밤나무 열매, 단풍팥배나무 열매, 유럽개암나무 열매, 유럽너도밤나무 열매, 붉은말채나무 열매, 딱총나무 열매, 목배풍등 열매, 브리오니아 열매, 주목.

붉은말채나무 열매는 매우 떫고 기분 나쁜 맛이 나지만 독이 든 것은 목배풍등과 브리오니아 열매다. 신기하게도 주목은 이파리는 독성이 강하지만 열매는 전혀 해롭지 않아 새들이 무척 즐겨 먹는다. 새들은 열매 가운데 있는 단단하고 해로운 씨를 뱉어 버린다.
백당나무랑 마가목 열매를 빼먹었다. 여기에다 요즈음 열매가 진홍빛을 띠는 유럽호랑가시나무와 쥐똥나무를 추가해야겠다. 모두 스물한 개다.

Berries
of
Black Bryony (*Tamus communis*)
브리오니아 열매

To Autumn. 가을에게

안개가 자욱하고 감미로운 결실의 계절!
원숙한 태양의 절친한 친구
초가집 처마에 뻗은 포도덩굴에
포도를 얼마큼 열리게 할까 태양과 의논하고
이끼 낀 시골집 나무를 사과로 휘어지게 하고
모든 과일을 속까지 익게 하려 한다.
호리병박을 부풀게 하고, 개암 껍질을 달콤한 알맹이로 살찌게 한다.
늦게 피는 꽃은 또한 꿀벌을 위해 더 많은 봉오리를 달게 하려 한다.
꿀벌이 따뜻한 날이 결코 끝나지 않으리라 생각할 만큼
여름이 끈적끈적한 벌집을 넘쳐흐르게 한다.

너를 너의 창고 안에서 종종 보지 못한 자 있으랴?
간혹 너를 찾아온 사람은 누구나
네가 곡물 창고 바닥에 태평하게 앉아 있는 걸 보았지.
너의 머리칼은 키질하는 바람결에 가벼이 나부끼고
반나마 베다 만 밭고랑에서 깊이 잠든 너
개양귀비 향기에 취해서, 곧 베어야 할 곡물과
뒤엉킨 꽃들 곁에 낫을 놓아둔 채
그리고 가끔씩 이삭 줍는 사람처럼
머리에 짐을 인 채 끊임없이 개울을 건너고
혹은 사과 착즙기 곁에서 참을성 있는 모습으로
너는 몇 시간이고 마지막 방울을 끝까지 지켜보는구나.

봄의 노래는 어디에 있는가? 아아, 어디에 있는가?
봄의 노래를 생각하지 말라, 너 또한 네 노래가 있으니.
막대구름이 조용히 저물어 가는 날을 붉게 물들이고
그루터기만 남은 밭을 장밋빛으로 물들이면
그때 구슬픈 합창으로 작은 모기들이 슬피 운다.
강가의 버드나무 사이에서 산들바람이 일거나
잠잠해질 때 몸을 오르락내리락 하면서
그리고 다 자란 양들이 언덕에서 크게 울어 대고
산울타리에서 귀뚜라미들이 노래하고 부드러운 고음으로
방울새가 채소밭에서 휘파람 불고
그리고 모여든 제비들은 하늘에서 지저귄다.

존 키츠

Fruit   딱총나무 열매
of Elderberry tree
(Sambucus nigra)
and Beech
(Fagus sylvatica)
유럽너도밤나무 열매

October

Oct 10th (계속) 꽃사과를 찾아다녔지만 하나도 없었다. 봄에 그렇게나 꽃이 만발했는데도 말이다. 누가 다 따 갔나 보다. 장미와 산사나무, 딱총나무, 브리오니아, 백당나무, 검은딸기나무 등등의 갖가지 열매로 산울타리가 화려했다. 새들은 열매 사이에서 바삐 연회를 즐기고 있다. 집에 돌아가는 길에 뇌우를 만났다.

14. 한 주 동안 축축하고 비가 오더니 이제는 해가 쨍하고 춥다. 캐서린드반스로 산책을 가 붉은말채나무 열매를 조금 땄다. 그 주변 산울타리에 이 나무 열매가 많이 달린다는 것을 알고 간 것이다. 길가에 열린 장미 열매가 무척 근사했으며 사람들이 경작하지 않고 내버려 둔 공유지는 가시금작화와 들장미로 뒤덮여 멋졌다. 엄청나게 많은 되새가 열매를 먹고 있는 게 보였다. 일부 가시금작화 덤불에는 꽃이 피었는데, 다홍색 장미 열매와 노랗고 붉은 이파리로 뒤덮인 치렁치렁한 검은딸기 덩굴과 한데 어우러져 만들어 내는 색의 조화가 눈부신 햇살 속에서 아름다웠다. 몇몇 실잔대와 방가지똥에 꽃이 피었고 그렇게 찾아다니던 꽃사과 몇 알이 나무에 달린 것도 보았다. 요새 오두막 정원에는 국화, 달리아, 갯개미취가 흐드러졌고 아메리카담쟁이덩굴에 단풍이 들면서 오두막의 벽은 붉은색으로 물들었다.

16. 오늘 아침 여동생이 케스턴커먼에서 딴 하얀 반점이 있는 아름다운 진홍색 독버섯을 보내왔다. 오다가 많이 상해서 버섯갓과 자루가 제대로 붙어 있는 게 없을 지경이었지만 겨우겨우 한두 개 스케치했다.

21. 마지막 여름 손님이 방금 떠났다. 2주 전부터 검은다리솔새 한 마리가 정원의 구스베리 덤불 주위를 깡충깡충 뛰어다니는 게 계속 보였다. 이 새는 가장 먼저 도착했다가 제일 늦게 떠나는 새다. 여름 내내 얼씬도 하지 않던 박새도 예전에 자주 찾던 정원 한구석에 모여들고 있다. 벽과 창가 주변에서 파닥거리는 박새들이 그들을 위해 놓아둔 야자 열매를 발견하기를 속으로 빌어 본다.
요새는 유럽찌르레기와 참새, 되새 무리가 그루터기만 남은 밭과 초지를 샅샅이 뒤지고 다닌다. 붉은날개지빠귀와 개똥지빠귀가 곧 여기에 합류할 것이다.
붉은날개지빠귀와 회색머리지빠귀가 왔다. 이번 주도 따뜻하고 비가 내렸다.

검붉은 열매가 달린 주목나무 그늘 아래에.

매슈 아널드

그 가을 밤은 고요했다.
마지막 남은 석양은 멀리 숲 위에서
희미하게 불타고 있었다.
마치 횃불이 바람을 맞아
운반하는 자의 손 위로 다시 타오르듯이.
낙인처럼 진홍빛으로 길게 타오르더니
숲은 어둠 속에 잠겼다.

로버트 브라우닝 〈소르델로〉

145

Fruit of
Wild Cornel or Dogwood (Cornus sanguinea)
붉은말채나무 열매

Crab·Apple (Pyrus malus) and Sloe (Prunus communis)
꽃사과   서양자두

147.

Fruit
of
Wild Service Tree
(*Pyrus Torminalis*)

단풍팥배나무 열매

October

Oct 25 깜짝 놀랄 정도로 아름다운 큰갓버섯 표본을 보았다. 옅은 황갈색에 짙은 색조로 음영이 져서 얼룩덜룩했다.

31. 한두 번 해가 흐릿하게 빛난, 포근하면서도 눅눅한 날이었다. 10월 내내 날씨가 무척 온화했다.

Fruit of Hawthorn
(Crataegus oxycantha)
산사나무 열매

149.

October

이제 가을의 불은 숲을 따라 천천히 타오른다.
그리고 하루하루 낙엽이 떨어져 녹아 들었다.
밤마다 경고하는 바람이 열쇠 구멍에서 울부짖는다.
어떻게 빈 들판을 지나고, 고독한 고지대와
음산하고 거대한 파도를 넘었는지를 고한다.
그리고 이제 관대한 여름이 주는 기쁨보다
힘은 더 연약하고 우수에 찬 분위기를 띤다.

윌리엄 앨링엄

오, 과열된 도시에서 멀리 떨어진 드넓은 곳이여!
반짝이는 거대한 바다! 소나무 숲! 야생 그대로의 산!
바위를 품은 해변! 거친 황야와 양을 기르는 언덕!
광활하고 흐릿한 구름! 더럽혀지지 않은 푸른 공간!
공간! 내게 공간을 주오! 외로움과 공기를 주오!
당신의 아름다운 영토에 자유와 풍요를.

오, 산과 별과 한없는 공간의 신이여!
자유와 즐거운 마음의 신이여!
모든 인간의 얼굴에서 고개를 돌려 밖을 보면
사람들 붐비는 시장에도 충분한 공간이 있소.
주변에 당신을 품으면 소음은 멈추고
내가 숨어 있는 당신의 우주는 문을 닫으리.

조지 맥도널드

플라타너스단풍 잎
Leaves of Sycamore (Acer-pseudo platanus)
and
Small Maple (Acer-pseudo campestris)
유럽들단풍 잎

NOVEMBER

11월

11월은 3월부터 시작하는 고대 로마력에서 아홉 번째 달이며 11월 11일에 겨울이 시작된다고 여겨졌다. 앵글로 색슨인은 11월을 '피의 달'이라고 불렀고 이는 성 마르티노 축일 즈음 겨울에 먹을 소를 도축하던 관습에서 비롯한다.

『브리태니커 백과사전』

축일   Nov. 1.   모든 성인의 날 대축일
         Nov. 2.   위령의 날
         Nov. 11.   성 마르티노 축일
         Nov. 22   성녀 체칠리아 축일
         Nov. 25.   성녀 가타리나 축일
         Nov. 30.   성 안드레아 축일

격언

"11월이 도리깨를 휘두른다. 출항을 막아라."

"11월에 오리가 서 있을 만한 얼음이 얼면 그 다음에는 온통 눈이 녹은 진창뿐이다."*

---

*   11월이 얼음이 얼 정도로 추우면 그해 겨울은 포근하고 비가 많이 온다는 뜻.

November

11월의 이른 아침
새빨간 덩굴의 잎이
방패 위에 떨어진 핏방울처럼 강렬하고 갑작스럽다.
그 밖에는 가장자리부터 돌기까지 황금빛이다.
그리고 요정이 모아서 바느질한 이끼 융단 위에
보란 듯이 늘어 놓는다.

로버트 브라우닝

한 해가 저녁 빛에 사라져 간다.
가을 숲에서 생각에 잠긴 시인은
시든 나뭇잎 사이로
구슬픈 한숨 소리를 듣는다.

찬미 받은 영혼만큼은 아니라도
한 해의 천사가 떠나며
봄에는 초록색을 띠고
여름의 파란색으로 반짝였던
그의 옷을 내려 놓는다.

지상에서의 임무를 끝마쳤으니
만 개의 계곡을 장밋빛 열매로 채우고
과수원을 장밋빛 열매로 가득하게 하고
주위에는 꽃들을 흩뿌렸다.

그는 잠시 서쪽에 머물며
지는 해와 함께 모두에게
즐거운 작별의 미소를 뿌린다.
그리고 신의 곁으로 돌아간다.

독일 시 중에서

November

Starling
(sternus vulgaris)

유럽찌르레기

November

1. 계속 이슬비가 내리는 전형적인 11월 날씨.

3. 아침에 춥고 안개가 끼더니 그 다음에는 눈부신 햇빛이 비쳤다. 오늘은 영국의 독버섯을 소개한 작은 책을 집으로 가져왔다. 65종의 독버섯 사진이 수록되어 있다. 얼마 전에 본 반점이 있는 아름다운 진홍색 독버섯이 없어 실망했다. 이 중 몇 가지나 찾을 수 있을지 보려고 오후에 제비꽃 숲으로 갔다. 해가 비추는 곳은 제법 더웠고 따뜻한 오후의 빛 속에서 가을의 단풍이 아름다웠다. 반 시간만에 숲속이나 숲 근처 들판에서 자라는 버섯 열 종을 발견했다. 두 종을 제외하면 모두 갈색을 띠었는데, 하나는 오렌지색과 노란색이 풍부한 노란다발버섯으로 죽은 나무에서 많이 자란다. 다른 하나는 위는 흐린 분홍색이고 아래는 아름다운 연보라색이었다. 이 버섯을 단 한 다발 발견했으며 그중 한두 개는 아주 컸다. 독버섯 책의 마지막 부분에는 흥미로운 주석이 몇 개 달려 있는데, 독버섯과 버섯의 형성 과정을 기술한 것도 있었다. "버섯은 땅속에서 사방으로 자라는 미세한 균사체로 이루어져 있다. 땅속의 균사가 씨/포자를 만들어 낼 정도로 충분히 자랐을 때에만 버섯이 땅 위로 나타난다. 그러므로 버섯의 유일한 기능은 포자의 생산이고 버섯은 버섯 균류의 열매라고 볼 수 있다."
다른 주석에서 저자는 먹을 수 있을뿐더러 영양도 풍부한 독버섯이 많이 있지만 영국에서는 식용 버섯만을 먹는다고 설명했다. 외국에서는 독버섯류도 많이 먹는다.

10. 이틀 동안 비바람이 불었고 목요일에는 북서쪽에서 강풍이 불었다. 오늘은 춥지만 날씨가 좋았다.

Toad-stools
독버섯

Common
Polyporus
(Polyporus versicolor
구름장이버섯

The Sulphur-tuft
(agaricus fascicularis)
노란다발버섯

Stag's Horn
Fungi.
콩꼬투리버섯

November

10. (계속) 다시 버섯 채집을 나갔다. 들판 언덕에서 노목 그루터기 두 개를 우연히 발견했는데 커다랗고 평평한 독버섯 무리로 완전히 뒤덮여 있었다. 버섯의 윗부분은 오렌지색이 감도는 갈색이고 주름은 옅은 노란색이었으며 자루는 거의 없었다. 들판의 유럽너도밤나무와 구주소나무 아래에서는 주름 부분이 보라색을 띠는 품종을 많이 발견했다. 큰 것은 상당히 탁한 갈색이었고 당연하지만 새로 자라는 어린 버섯은 아래쪽이 연보라색을 띠고 있었다. 유럽밤나무의 껍질이 뜯겨 나간 몸통 부분에 아름다운 버섯이 자라는 것을 발견했다. 위쪽은 어둡고 짙은 남색이고 아래는 새하얬다. 주름은 기묘하게 구불거리고 번쩍여서 흰 산호같았다. 초지의 개방된 부분에서 다른 버섯 종류를 몇 개 더 발견했는데, 하나는 윗 부분이 번 빵처럼 반짝이는 갈색이었다. 더 먼 곳에 있는 작은 숲에서는 썩은 나무둥치의 한쪽에서 자라는 구름장이버섯과 작고 섬세한 콩꼬투리버섯을 채집했다. 길게 갈라진 흐린 노란색 고사리 이파리가 숲속 어두운 색깔의 검은딸기나무 이파리 사이에서 아주 예뻐 보였다. 길 곳곳은 느릅나무 낙엽으로 제법 노란 빛을 띠었다. 나뭇잎은 아직 꽤 초록색이지만 된서리가 한두 번 내리면 잎이 우수수 떨어져 많은 나무가 헐벗으리라.

13. 이른 아침 들판을 가로질러 엘름던레인으로 산책을 갔고 그곳의 오두막에서 대륙검은지빠귀와 개똥지빠귀를 그렸다. 안개가 엷게 깔린 흐리고 완벽하게 고요한 아침이었다. 멀리 숲과 나무는 보라색 박무에 가려졌다. 많은 나무가 제법 헐벗었지만 오크에는 여전히 청동색과 갈색 이파리가 달려 있다. 산울타리와 비탈에서도 낙엽과 고사리가 황금색으로 빛났고 어디에서든 낙엽에서 나는 그윽한 가을 향기를 맡을 수 있었다. 온갖 종류의 독버섯이 가득한 초지를 지났다. 여러 초지를 거쳐 오는 가운데 여기에 오기 전까지 독버섯을 전혀 못 본 게 신기하다.

Green Woodpecker
(*Gecinus viridis*) 청딱따구리

NOVEMBER

오, 거센 서풍, 너 가을의 숨결이여!
너의 눈에 보이지 않는 존재로부터 죽은 잎사귀들은
마치 마법사에게서 도망치는 유령처럼 쫓겨 다니누나.

누런, 검은, 파리한 열병에 걸린 듯 빨간
역병에 걸린 무리, 날개 달린 종자를
검은 겨울의 잠자리로 전차로 몰아가서

산과 들을 신선한 색깔과 향내로
가득 채울 때까지, 무덤 속의 송장들처럼
차가운 곳에 누워 있게 하는 오, 너 서풍.

봄의 하늘색 동생이 꿈꾸는 대지 위에
나팔을 불어 (향기로운 봉오리를 몰아
양 떼처럼 대기 속에 방목하며)

거센 정신이여, 너는 어디서나 움직이누나,
파괴자인 동시에 보존자여, 들으라, 오, 들으라!

나를 너의 수금으로 삼아 다오, 바로 저 숲처럼
내 잎새들이 숲의 잎새처럼 떨어진들 어떠리!
너의 억센 조화가 자아내는 소란은

둘 다로부터 슬프지만 감미롭고
깊은 가을의 가락을 얻으리! 거센 정신이여, 네가
나의 정신이 되어라! 네가 내가 되라, 맹렬한 자여!

내 죽은 사상을 온 우주에 휘몰아 다오.
새로운 출생을 재촉하는 시든 잎사귀처럼!
그리고 이 시의 탄원으로
흐트려 다오, 꺼지지 않은 화로의
재와 불꽃처럼, 인류에게 나의 말을!
내 입술을 통해 잠 깨지 않은 대지에

예언의 나팔이 되어 다오! 오, 바람이여
겨울이 오면, 봄이 멀 수 있으랴!

퍼시 비시 셸리

Bramble leaves

검은딸기나무 잎

November

13. 새를 그리러 가는 오두막 옆집에 사냥터지기가 사는데 그의 부인이 쏙독새 박제 표본을 보여 주었다. 이 근방에서 사냥한 것이라고 한다. 다트무어와 서리 공유지, 컴벌랜드에서는 종종 보았지만 이쪽 지역에서도 발견된다는 것은 미처 몰랐다.

14 물총새 한 마리가 올턴 역 아래 길가에 있는 작은 못을 가로질러 날아가는 것을 보았다. 모든 오리나무와 유럽개암나무에 새로 꽃차례가 달렸다. 오늘 일몰 직전의 태양은 정말로 장관이었다. 여태껏 이렇게 커다란 해는 본 적이 없을 정도였다. 짙은 진홍색에 보랏빛이 감돌아 둥근 공처럼 보이기도 하고 회색 구름 장막을 배경으로 걸린 거대한 열기구처럼 보이기도 했다.

15 서쪽에서 돌풍이 불어오고 비가 내리는 험악한 날씨였다. 오후에 솔리헐에서 집까지 걸어갔다. 길을 가는 내내 나뭇잎 수백 개가 소용돌이치며 떨어져 길을 따라 춤을 췄다.

19 첫 된서리가 하얗게 내렸다. 우박과 비를 동반한 차가운 북서풍이 불었다.

26. 자전거를 타고 솔리헐까지 갔다가 오크 숲을 지나 시골길로 돌아왔다. 덤불 사이 고사리의 시들어 가는 이파리와 반쯤 헐벗은 오크의 듬성듬성한 이파리에 햇빛이 반사되어 눈부시게 빛났다. 길을 따라 낙엽이 두껍게 쌓였다. 카인턴레인의 제일 높은 곳에 있는 커다란 유럽너도밤나무에서 지저귀는 개똥지빠귀 소리가 너무나 감미롭게 들렸다.

30. 북서풍이 불고 소나기가 내렸다.

162.

Seed·vessels
of
Rose·bay Willow·herb
분홍바늘꽃 과피

노래를 불러 다오, 다정한 개똥지빠귀야, 잎 하나 없는 가지 위에서.
노래를 불러 다오, 귀여운 새야, 나는 너의 노래 가락에 귀 기울이니.
그리고 이제 세상을 지배하기 시작한 나이든 겨울은
너의 즐거운 노래에 찌푸린 얼굴을 펴겠지.

로버트 번스

Song Thrush
(Turdus musicus)
개똥지빠귀

겨울의 개똥지빠귀는 하늘이 음울하게 어두워지고
모든 숲이 헐벗을 때, 실망하지 않고 노래하고
그 멜로디에 봄내음을 싣고 얼어붙은 공기를 떠다니는 것처럼
내 마음에 슬픔이 얼음같이 차가운 숨결을 내뱉고
서리가 녹지 않을 때
절망과 죽음에 맞서 뛰는 가슴으로
햇빛이 비치는 분수처럼 승리의 노래를 부르리라.
제비꽃이 피고 남풍이 불 때까지 노래하라, 다정한 시인이여.
노래를 멈추지 말아라, 예언자의 새여!
오, 만약 영원히 말을 잃은 내 입술이
내 서글픈 가슴이 들은 것을 사람들에게 노래할 수 있다면
인생의 가장 어두운 시간은 기쁨의 노래로 가득하고
인생의 가장 모진 된서리도 봄으로 피어날 텐데.

에드먼드 홈스

165

Seed-vessels
of
Cow-Parsnep.
and
Beaked Parsley
어수리와 전호 과피

166.

Nipple-wort
and
Dock

서양개보리뺑이와
소리쟁이

바람이 큰 소리로 불어 대고
기침 소리가 사제의 설교를 파묻고
새들이 눈 위에 옹기종기 모여 앉고
매리언의 코는 빨갛게 텄네.

윌리엄 셰익스피어

DECEMBER

12월

12월은 총 열 개의 달로 나뉜 옛 로마 달력에서 마지막 달이었다.
색슨인은 12월을 '겨울의 달'이라고 불렀고 크리스마스가 있으므로 '성스러운 달'이라고도 했다. 12월
22일은 동지인데 해가 염소자리의 회귀선에 다다른다.

축일　　Dec. 25.　성탄절
　　　　Dec. 29.　성 토마스 축일
　　　　Dec. 31.　새해 전날

격언

"버크럼*을 두드려라, 벨벳은 비싸네.
 크리스마스는 일 년에 단 한 번 뿐.
 그날은 큰 잔치가 벌어지지.
 그날이 끝나면 다시 한참 기다려야 해."

"12월에는 몸을 따뜻하게 하고 자라."

"성탄절이 푸르면 교회 묘지가 꽉 찬다."**

---

* 풀을 먹여 빳빳하게 만든 아마포로 모자나 양복의 심, 책 표지 등에 쓰인다. 중세에는 중앙아시아의 부하라에서 수입한
　섬세하고 비싼 천을 지칭했으나 이후 오늘날의 뜻으로 의미가 바뀌었다.
** 크리스마스에 눈이 안 올만큼 날씨가 포근하면 전염병이 돌아 많은 사람들이 죽는다는 믿음에서 유래한 말.

December

그의 뒤를 이어서 쌀쌀한 12월이 왔다.
하지만 그는 자신이 만든 흥겨운 축제와
커다란 모닥불로 추위를 기억하지 못했다.
구세주의 탄생은 그를 기쁘게 했다.
수염이 덥수룩한 염소를 타고 있었는데
이다산의 처녀가 어린 제우스를
돌보며 젖을 먹인 바로 그 염소였다.
또한 그는 크고 깊숙한 그릇을 손에 들고
동료 모두의 건강을 기원하며 마음껏 마셨다.

에드먼드 스펜서

주름진 얼굴에 심술궂은 남자라고 그들은 그대를 상상했네.
나이든 겨울이여, 들쭉날쭉한 턱수염은
사과나무 위에 길게 늘어진 이끼처럼 회색 빛을 띠고
푸른 입술, 얼음이 떨어질 듯한 날카롭고 파란 코에.
옷을 꽁꽁 감싸고 그대가 음울하게
진눈깨비와 날리는 눈 사이를 홀로 터벅터벅 걸어가면
그들은 그대를 장작이 높이 쌓인 난로 옆으로 끌어오겠지.
나이든 겨울이여! 멋진 안락의자에 앉아서
흥겨운 크리스마스를 보내는 어린 아이들을 보네.
혹은 주위를 도는 아이들에게 그대의 입술은
즐거운 농담이나 무서운 살인 사건 이야기
또는 밤을 방해하는 힘겨운 영혼을 말하리.
때로는 멈춰서 타들어 가는 불을 키우거나
갈색으로 빛나던 지난 10월을 맛보네.

로버트 사우디

.Berries
of
Privet (*Ligustrum vulgare*)
쥐똥나무 열매
and
Holly (*Ilex aquifolium*)
유럽호랑가시나무 열매

December

Dec. 1. 차가운 북동풍이 불어 화창하고 맑은 날이다. 지난 몇 주 동안 새들이 아침마다 모이를 먹으러 왔다. 오늘은 박새들이 좋아하는 야자 열매를 놓아뒀다. 많은 새들이 하루 종일 열매를 쪼아 댔는데 대부분 푸른박새였다.

4. 사흘 동안 비가 내리다가 바람이 불다가 다시 햇빛이 비치다가 했다.

7. 된서리가 하얗게 내렸고 안개도 꼈다. 진짜 겨울이 시작된 첫날이다. 오늘 아침에 새 떼가 모이를 먹으러 왔다. 야자 열매를 두고 박새들 사이에 한바탕 다툼이 있었다. 울새 한 마리가 열매 안에 들어가더니 배가 부를 때까지 다른 박새는 얼씬도 못하게 했다. 사실 야자 열매를 좋아하지는 않지만 박새가 좋아하는 것이라면 무엇이든지 한몫 가져야 직성이 풀리나 보다.

10. 오늘 아침에는 눈보라가 휘몰아치는 소리에 깼다. 올해 첫눈이다. 눈 폭풍은 금방 그치고 화창한 햇빛이 비쳤지만 밤에 된서리가 내렸다.

12 춥고 서리가 내렸다. 본격적으로 겨울이 시작하는 듯하지만 일기 예보 상으로는 금방 바뀔 거라고 한다.

14 눈이 펑펑 내렸다.

20 급속도로 날이 풀리더니 나흘 동안 온화하고 바람도 비도 없는 고요한 날씨가 이어졌다. 바람은 동쪽으로 물러났다. 이러다 서리만 내리는 추운 크리스마스가 될 것 같다.

25. 성탄절 아침에 일어나 보니 눈이 내렸다. 오후에는 햇빛이 비쳤고 밤에는 서리가 내렸다.

26 밤 사이에 또 폭설이 내렸다.

앙상한 가시나무 속에서
명랑한 굴뚝새는
바위에 달린 고드름이 떨어질 때면
영원한 시를 노래하네.
눈송이가 떨어져 날개를 덮어도
가볍게 눈 사이로 날아올라
날아가며 노래하네.

제임스 그레이엄

Wren
(Sylvia troglodytes)
and   굴뚝새
Hedge Sparrow
(Accentor modulares)
바위종다리

DECEMBER

벌거벗은 집, 벌거벗은 황야
문 앞에서 떨고 있는 물웅덩이
꽃도 열매도 없는 정원
그리고 정원 언저리의 포플러.
내가 사는 곳은 그런 곳
밖은 황량하고 안은 아무것도 없네.

그러나 거친 황야는
비교할 수 없는 밤의 장관을 얻으리.
새벽의 황금빛 영광이
흔들리는 나무 뒤에서 열리네.
그리고 이리저리 부는 바람이
닻을 올린 구름 범선을 뒤쫓고 있네.
그대의 정원은 다시 어두워졌다가 어슴푸레 환해지네.
뛰어오르는 해와 빛나는 비로.
이곳에 마법사 달이
한낮의 기울어 가는 영광의 진홍빛 종말 속에서
하늘로 떠오르네.
여기에 일군의 별 무리가 등장하고
주변의 골짜기에는 가물다가 비가 내려
봄이 다정한 꽃들로 장식하네.

그리고 종종 아침의 뮤즈는
양골담초가 핀 초원에서 날아오르는 종다리를 보네.
그리고 요정이 실을 뽑아 짠
거미줄에는 이슬이 다이아몬드처럼 맺혔네.
데이지가 가면 겨울이 오고
소박한 풀을 서리가 은색으로 물들이리.
가을의 서리는 물웅덩이에 마술을 걸고
수레 바퀴 자국을 아름답게 바꾸네.
그리고 황야에 빛나는 눈이 덮이면
어린 아이들은 손뼉을 치네.
우리의 은둔처 이 대지를
활발하고 변화무쌍한 곳으로 만들기에
시간과 계절이라는
신의 지혜롭고 복잡한 장치로 충분하네.

로버트 루이스 스티븐슨

아이비의 새순은 뿌리에서 뿌리까지
땅을 따라 신록의 덩굴을 뻗는다.
또는 변덕스런 미로처럼 높이 올라가
느릅나무와 물푸레나무, 오리나무를 타고
각각의 줄기를 감고 그물을 엮는다.
셀 수 없이 많은 형태의 나뭇잎이 달린 가지는 뒤얽히고
연녹색 꽃과 반쯤 올라온 새싹이 박혀 있다.
아이비는 토종 꽃 중에서 가장 늦게 연녹색 꽃이 피고
검게 빛나는 공 같은 씨앗이 여문다.
겨울 서리에 지지 않고
굶주린 작은 새들의 먹이가 된다.
아이비, 붙잡기에 너무 아름다운 식물
그리고 근처의 나무에 가장 빨리 감기는 식물.
줄기와 가지, 반짝반짝 빛나는 잎으로 휘감아
헐벗은 산림에 신선한 연녹색 옷을 입는다.

맨트 주교

Common Ivy
(Hedera Hélix)
아이비

December

Dec.27 오늘 신문에 존오그로츠*부터 랜즈엔드**까지 6년 만에 처음으로 영국 전체가 눈에 파묻혔다는 기사가 실렸다.

28. 햇빛이 화창하고 맑은 날이다. 전국 곳곳에 더 강력한 눈 폭풍이 몰아치고 어떤 곳에서는 천둥 번개도 쳤다는 기사를 보았다. 펜스에서는 스케이트를 타기 시작했다.

30 여전히 서리가 내려앉았고 하루 종일 눈이 약간 내렸다. 지난 주에 먹이를 사냥하던 장소가 눈에 파묻힌 탓에 새들은 깜짝 놀랄 정도로 대담해졌다. 대륙검은지빠귀와 개똥지빠귀는 보통 때는 수줍음이 많아 누가 근처에라도 올라치면 날아가 버린다. 하지만 이제는 조금 떨어진 곳으로 깡총 뛰어 자리를 옮기고는 익숙한 덤불 은신처 아래에서 눈을 반짝이며 앉아 있다. 빵 부스러기가 가득한 연회로 돌아갈 때를 기다리며 지켜보는 것이다. 박새와 울새, 참새는 누가 오든 말든 신경 쓰지 않는다. 사람이 사는 집으로 오는 일이 거의 없는 푸른머리되새가 다른 새들 사이에서 먹이를 먹는 것을 발견했다. 이 새는 봄이 오면 종종 잔디밭에서 볼 수 있는데 둥지 짓는데 쓸 이끼를 바삐 뜯어 모으며 다닌다.

31. 섣달그믐. 오늘 아침에는 기온이 올랐다. 바람은 남서쪽으로 이동했고 날이 풀리는 징조가 보인다. 신문에서는 눈이 더 내릴 것이라고 한다. 요크셔, 이스트로디언, 하일랜드의 외딴 농장과 마을은 폭설로 완전히 고립되었다.

---

* 스코틀랜드의 마을로 영국 본토 가장 북동쪽에 있다.
** 콘월 지방의 곶으로 영국 본토 가장 남서쪽에 있다.

Mistletoe
(Viscus album)
겨우살이

Wild Flowers found in the neighbourhood of Olton, Warwickshire . 워릭셔 올턴 근방에서 발견한 야생화

Alder. ..... Alnus glutinosa 오리나무
Agrimony (Common) ... Agrimonia eupatoria 등골짚신나물
Agrimony (Hemp) .... Eupatorium cannabinum 등골나물
Angelica (Wild) ... Angelica sylvestris 숲당귀
Anemone (Wood) .. Anemone membrosa 숲바람꽃
Apple (Crab) .... Pyrus malus 꽃사과
Ash (Common) .... Praxinus excelsior 구주물푸레나무
Ash (Mountain) .. Pyrus aucuparia 마가목
Avens (Common) ... Geum urbinus 뱀무
Bedstraw (Yellow) .... Galium verum 솔나물
Bedstraw (Cross-wort) .. Galium boreale 긴잎갈퀴
Beech ...... Fagus sylvatica 유럽너도밤나무
Bell·flower (Giant) ... Campanula persicifolia 페리시키폴리아 초롱꽃
Betony (Wood) .... Stachys Belonica 곽향초석잠
Bilberry .... Vaccinum myrtilis 유럽블루베리
Bind-weed (Small) ... Convolvulus arvenis 서양메꽃
Bind-weed (Greater) ... Convolvulus sepium 큰메꽃
Bartsia (Red) ..... Bartsia odontites 현삼
Blackberry or Bramble ... Rubus fruticosus 검은딸기나무
Blackthorn or Sloe .... Prunus communis 서양자두나무
Brooklime ...... Veronica becca-bunge 베로니카 벡카붕가
Broom .... Sarothamnus scopareus 양골담초
Bryony (Black) .... Tamus communis 브리오니아
Bugle (Common) .... Ajuga reptans 아주가
Buckwheat (Common) Polygonum bistorta 범꼬리
Buckwheat (Climbing) . Polygonum convolvulus 덩굴메밀
Bullace .... Prunus communis 서양자두나무
Burdock (Common) .. Arctium lappa 우엉
Burnet (Great) .... Sanguisorba officinalis 오이풀

Bur-reed (Branched) ···· Sparganium ramosum 흑삼릉
Bur-reed (Unbranched) ··· Sparganium simplex 흑삼릉
Buttercup (Meadow) ·· Ranunculous acris 애기미나리아재비
Buttercup (Creeping) ·· Ranunculous reptans 가는미나리아재비
Buttercup (Bulbous) ·· Ranunculous bulbosus 미나리아재비
Campion (Red) ····· Lychnis diurna 붉은장구채
Campion (White) ····· Lychnis vespertina 달맞이장구채
Campion (Bladder) ···· Silene inflata 끈끈이장구채
Celandine (Lesser) ···· Ranunculous fiscaria 피카리아 미나리아재비
Celandine (Greater) ···· Chelidonium majus 애기똥풀
Centaury (Common) ···· Erythraea centaurium 센토리
Chesnut (Horse) ····· Aesculus Hippocastanum 가시칠엽수
Chesnut (Spanish or Sweet) ·· Castanea vesca 유럽밤나무
Cherry (Wild) ····· Prunus avium 양벚나무
Chickweed ····· Stellaria media 별꽃
Clover (Purple) ···· Trifolium pratense 붉은토끼풀
Clover (White or Dutch) ··· Trifolium repans 토끼풀
Cinquefoil (Creeping) ··· Potentilla reptans 가락지나물
Cinquefoil (Strawberry-leaved) · Potentilla fragariastrum 딸기잎 양지꽃
Cinquefoil (Purple Marsh) ···· Comarum palustre 검은낭아초
Colt's Foot ····· Tussilogo farfara 관동화
Cornel or Dogwood ····· Cornus sanguinea 붉은말채나무
Cowslip ····· Primula veris 황화구륜초
Crowfoot (Water) ···· Ranunculous aquatilis 애기미나리아재비
Crowfoot (Corn) ···· Ranunculous arvensis 좀미나리아재비
Crowfoot (Wood) ···· Ranunculous auricomus 미나리아재비
Crowfoot (Celery-leaved) ··· Ranunculous sceleratus 개구리자리
Cranes-bill (Meadow) ···· Geranium pratense 숲이질풀
Cranes-bill (Doves-foot) ··· Geranium molle 제라늄 몰레
Cranes-bill (Dusky) ···· Geranium phaeum 제라늄 패움
Comfrey (Common) ···· Symphytum officinale 컴프리
Cress (Water) ···· Nasturtium officinale 물냉이
Cress (Large-flowered Bitter) ·· Cardamine amara 황새냉이
Cress (Yellow Bitter) ··· Nasturtium amphibium 개갓냉이
Cress (Hairy Bitter) ··· Cardamine hirsuta 황새냉이
Cow Parsnep ····· Heraclum spondilium 어수리
Cuckoo Flower or Ladies Smock ·· Cardamine pratensis 뻐국냉이

Cuckoo Pint, Wild Arum or Lords & Ladies··· Arum maculatum 아룸 마쿨라툼
Daisy (Common) ········· Bellis perennis 데이지
Daisy (Oxm) ········· Chrysanthemum leucanthemum 불란서국화
Daffodil ········· Narcissus pseudo-narcissus 나팔수선화
Dandelion ········· Leontodon tarascacum 서양민들레
Dock (Broad-leaved) ··· Rumex pulcher 소리쟁이
Dock (Curled) ········· Rumex cuspus 소리쟁이
Flowering Rush ········· Butum umbellatus 구주꽃골
Figwort (Knotted) ··· Scrophularia nodosa 현삼
Forgetmenot (Large Water)·· Myosotis palustris 팔루스트리스물망초
Forgetmenot (Small Water)· Myosotis caespitosa 개꽃마리
Foxglove ········· Digitalis purpurea 디기탈리스
Fumitory (Common) ··· Fumaria officinale 둥근빗살현호색
Gorse or Whin ········· Ulex Europoeus 가시금작화
Garlic (Broad-leaved) ··· Allum ursinum 나도산나물
Germander (Wood) ········· Teucrum Ocorodonia 우드 세이지
Golden Rod ········· Solidaga vulgaris 미역취
Goat's Beard ········· Tragopogon pratensis 노랑보리패랭이꽃
Goose-Grass or Cleavers ··· Galium aparine 갈퀴덩굴
Hazel Nut ········· Corylus avellana 유럽개암나무
Hawthorn or May ········· Crataegus oxycantha 산사나무
Hawk's-bit (Rough) ··· Aspargia hispeda 레온토돈
Hawkweed (Mouse Ear) ··· Hieracum pilosella 조팝나물
Heather or Ling ········· Calluna vulgaris 헤더
Hare-bell ········· Campanula rotundifolia 실잔대
Heartsease (Yellow) ···· Viola tricolor 삼색제비꽃
Herb Robert or Wild Geranium·· Geranium Robertianium 러브풍로초
Hemlock (Common) ········· Conium maculatum 나도독미나리
Hempnettle ········· Galeopsis Tetrahil 털향유
Holly ········· Ilex aquifolium 유럽호랑가시나무
Honeysuckle ········· Lonicera caprifolium 인동덩굴
Hyacinth or Blue-bell ··· Agraphis nutans 블루벨
Iris (Yellow) ········· Iris pseudo-acoris 노란꽃창포
Ivy (Common) ········· Hedera helix 아이비
Knapweed (Black or Discoid)· Centauria nigra 수레국화
Knautia (Field) ········· Polygonum 솔체꽃
Knot-grass ········· Polygonum arvensis 마디풀

English	Scientific Name	Korean
Lady's Mantle	Alchemilla vulgaris	레이디스 멘틀
Lime	Tilea Europoea	유럽피나무
Lily of the Valley	Convallaria majalis	유럽은방울꽃
Lettuce (Ivy-leaved)	Lactuca moralis	왕고들빼기
Loose-strife (Purple)	Lythrum salicaria	털부처꽃
Loose-strife (Creeping)	Lysimachea numularia	부처꽃
Louse-wort (Pasture)	Pedicularis sylvatica	송이꽃
Madder (Blue Field)	Sherardia arvensis	꽃갈퀴덩굴
Mallow (Common)	Malva sylvestris	당아욱
Mallow (Musk)	Malva moschata	모스카타접시꽃
Maple (Small)	Acer pseudo-campestris	단풍나무
Marsh Marigold	Caltha palustris	동의나물
Mayweed (Scentless)	Matricaria inodora	개꽃
Meadow Sweet	Spirea salicifolea	꼬리조팝나무
Meddick (Black)	Medicago lupulina	잔개자리
Milkwort	Polygala vulgaris	애기풀
Mint (Water)	Mentha aquatica	워터민트
Mint (Corn)	Mentha arvensis	박하
Meadow Saffron	Colchicum autumnale	개사프란
Mistletoe	Viscum album	겨우살이
Moschatel (Tuberous)	Adoxa moschatellina	연복초
Mullein (Great)	Verbascum thapsus	우단담배풀
Mustard (Common Hedge)	Sysymbrium officinale	유럽장대
Nettle (White Dead)	Lamium album	광대수염
Nettle (Red Dead)	Lamium purpureum	자주광대나물
Nettle (Stinging)	Urtica diorea	쐐기풀
Night-shade (Woody) or Bittersweet	Solanum dulcanera	목배풍등
Night-shade (Enchanter's)	Circoea lutetiana	쥐털이슬
Nipple-wort (Common)	Zapsana communis	개보리뺑이
Oak	Quercus robur	오크
Orchis (Early Purple)	Orchis mascula	오르키스 마스쿨라
Orchis (Spotted Palmate)	Orchis maculata	손바닥난초
Ox-slip	Primula elatior	옥슬립 앵초
Parsley (Wild Beaked)	Anthriscus sylvestris	전호
Pear (Wild)	Pyrus communis	서양배나무
Periwinkle (Lesser)	Vinca minor	빈카
Persicaria (Spotted)	Polygonum persicarea	봄여뀌
Pimpernel (Scarlet)	Anagallis arvensis	뚜껑별꽃

Pimpernel (Yellow) · · · Lysimachia memorum 노랑까치수염
Pine or Scotch Fir · · · · Pinus sylvestris 구주소나무
Plantain (Great Water) · · · Alisma plantago 택사
Plantain (Greater) · · · · Plantago major 왕질경이
Plantain (Ribwort) · · · · Plantago lanceolata 창질경이
Poppy (Scarlet) · · · · Papaver Rhœas 개양귀비
Primrose · · · · · Primula vulgaris 앵초
Privet · · · · · · Ligustrum vulgare 쥐똥나무

Ragged Robin · · · · Lychnis flos-cuculi 갈기동자꽃
Ragwort (Common) · · · Senecio Jacobœa 금방망이
Raspberry · · · · · Rubus idœus 산딸기
Rattle (Yellow) · · · · Rhinanthus cristi 옐로래틀
Rose (Dog) · · · · · Rosa canina 개장미
Rose (Trailing) · · · · Rosa arvensis 덩굴장미
Saxifrage ('White Meadow) · · Saxifragia granulis 범의귀
Scorpion Grass (Field) · · · · Myosotis arvensis 들물망초
Sanicle (Wood) · · · · Sanicula Europœa 참반디
Scabious (Devil's-bit) · · · Scabiosa succisa 체꽃
Self-heal · · · · · Prunella vulgaris 꿀풀
Service-tree (Wild) · · · Pyrus terminalis 단풍팥배나무
Skull-cap · · · · · Scutelleria galericulata 투구골무꽃
Shepherd's Purse · · · Capsella bursa pastoris 냉이
Silver Weed · · · · Botentilla anserina 괴마
Smooth Heath Bedstraw · · · Galium saxatile 황야갈퀴덩굴
Sorrel (Common) · · · Rumex acetosa 수영
Sorrel (Sheep's) · · · · Rumex acetosella 애기수영
Sow Thistle · · · · Sonchus palustris 방가지똥
Spearwort (Lesser) · · · Ranunculous flammula 실미나리아재비
Speedwell (Germander) · · · Veronica chamaedris 봄까치꽃
Speedwell (Common) · · · Veronica officinalis 꼬리풀꽃
Speedwell (Procumbent Field) · Veronica agrestis 베로니카
Spurry (Corn) · · · · · · Spergula arvensis 들개미자리
Stitchwort (Greater) · · · Stellaria holostea 별꽃
Stitchwort (Lesser) · · · Stellaria graminea 별꽃
St. John's Wort (Small Upright) Hypericum pulchrum 가는고추나물
St. John's Wort (Perforated) · · Hypericum perforatum 서양고추나물
Strawberry (Wild) · · · · Fragara vesca 베스카딸기
Stone-crop (English) · · · Sedum anglicum 희성미인
Poplar (Black) · · · · · Populus nigra 검은포플라

Tare (Slender) · · · · · · Vicia tetrasperma 얼치기완두
Tansy (Common) · · · · · · Tanacetum vulgare 쑥국화
Thistle (Cotton) · · · · · Onopordum arcanthium 큰지느러미엉겅퀴
Thistle (Creeping Plume) · Cnicus arvensis 조뱅이
Thistle (Welted) · · · · · Carduus acanthoides 지느러미엉겅퀴
Thyme · · · · · · · Thymus serpyllum 백리향
Toad-flax (Yellow) · · · Linaria vulgaris 좁은잎해란초
Toad-flax (Ivy-leaved) · · Linaria cymbalaria 덩굴해란초
Tormentil · · · · · Potentilla tormentilla 양지꽃
Treacle Mustard · · · · · Erysimum Alliaria 쑥부지깽이
Trefoil (Greater Birds-foot) · · Lotus major 들벌노랑이
Trefoil (Lesser Bird's-foot) · Lotus corniculatus 서양벌노랑이
Twayblade · · · · · Listera ovata 두잎난초
Valerian (Marsh) · · · · Valeriana dioecca 발레리안 쥐오줌풀
Valerian (Great Wild) · · · Valeriana officinalis 설령쥐오줌풀
Vetch (Early Purple) · · · Orobus tuberosus 손살갈퀴
Vetch (Bush) · · · · · Vicia sepium 구주갈퀴덩굴
Vetch (Purple Tufted) · · · Vicia craeea 등갈퀴나물
Vetchling (Meadow) · · · Lathyrus pratensis 노랑연리초
Violet (Sweet) · · · · Viola odorata 향기제비꽃
Violet (Dog) · · · · · Viola canina 들제비꽃
Water Lily (White) · · · Nymphoea alba 흰수련
Water Lily (Yellow) · · · Nymphoea lutea 참개연꽃
Weasel Snout (Yellow) · · · Galeobdolen luteum 광대나물
Willow (Goat) · · · · Salix caprea 호랑버들
Willow (Purple) · · · · Salix purpures 참당키버들
Willow Herb (Great Hairy) · · Epilobium hirsutum 큰바늘꽃
Willow Herb (Small Hairy) · · Epilobium parvi-florum 소화바늘꽃
Willow Herb (Smooth-leaved) · Epilobium montanum 산바늘꽃
Wood Sorrel · · · · · Oxalis acetesella 애기괭이밥
Woodruff · · · · · Asperula odorata 선갈퀴
Yew · · · · · · Taxus baccata 주목
Yarrow (Common) or Milfoil · Achillea millefolium 서양톱풀
Yarrow (Sneeze-wort) · · · · Achillea Ptarmica 큰톱풀

Wild Birds found in the neighbourhood of Olton, Warwickshire. 워릭셔 올턴 근방에서 발견한 조류

English	Latin	Korean
Blackbird or Merle	Turdus merula	대륙검은지빠귀
Blackcap Warbler	Sylvia atricapilla	검은머리 명금
Bullfinch	Loxia pyrrhula	멋쟁이새
Bunting (Black-headed or Reed)	Emberiza schoeniculus	검은머리멧새
Bunting (Yellow) or Yellowhammer	Emberiza citrinella	노랑멧새
Bunting (Common)	Emberiza milaria	옥수수멧새
Chaffinch	Fringilla coelebs	푸른머리되새
Chiff-chaff	Sylvia hippolais	검은다리솔새
Corn Crake or Landrail	Ortygometra crex	흰눈썹뜸부기
Coot	Fulica atra	유라시아 물닭
Crow (Carrion)	Corvus corone	송장까마귀
Cuckoo	Cuculus canorus	뻐꾸기
Dab-chick or Little Grebe	Podiceps minor	논병아리
Fieldfare	Turdus pilaris	회색머리지빠귀
Fly-catcher (Spotted)	Muscicapa gresola	점박이딱새
Goldfinch	Carduelis elegans	오색방울새
Golden-crested Wren	Regulus cristatus	상모솔새
Greenfinch	Coccothraustes chloris	방울새
Hawfinch or Grosbeak	Coccothraustes vulgaris	콩새
Hedge Accentor or Hedge Sparrow	Accentor modularis	방위종다리
Heron	Ardea cineria	왜가리
Jackdaw	Corvus monedula	서양갈까마귀
Jay	Garrulus glandarius	어치
Kestrel	Tinnunculus Alaudarius	황조롱이
Kingfisher	Alcedo ispeda	물총새
Lark (Sky) or Laverock	Alauda arvensis	종다리
Lark (Wood)	Alauda arborea	숲종다리
Martin (House)	Hirundo urbica	흰털발제비
Martin (Sand)	Hirundo riparia	갈색제비
Magpie	Pica caudata	까치
Mallard or Wild Duck	Anas boschas	청둥오리
Moor-hen or Water-hen	Gallinula chloropus	쇠물닭
Linnet	Linaria cannabina	붉은가슴방울새

English	Latin	Korean
Nightjar or Goatsucker	Caprimuleus Europæus	쏙독새
Nightingale	Philomela luscinia	나이팅게일
Nuthatch	Sitta Europœa	동고비
Owl (White, Barn or Screech)	Strix flammea	외양간올빼미
Partridge	Perdrix cinereus	자고새
Pheasant	Phasianus Colchicus	꿩
Pipit (Meadow)	Anthus pratensis	풀밭종다리
Pipit (Tree)	Anthus arboreus	나무밭종다리
Redwing	Turdus iliacus	붉은날개지빠귀
Ring Ouzel	Turdus torquatus	목도리지빠귀
Robin or Redbreast	Sylvia rubecula	울새
Rook	Corvus frugilagus	떼까마귀
Sparrow (House)	Passer domesticus	집참새
Sparrow-Hawk	Accipiter nisus	새매
Starling	Sternus vulgaris	유럽찌르레기
Shrike (Red-backed)	Lanius collurio	붉은등때까치
Stone-chat	Sylvia rubicola	검은딱새
Swallow	Hirundo rustica	제비
Swift	Hirundo apus	칼새
Thrush (Song)	Turdus musicus	개똥지빠귀
Thrush (Missel)	Turdus viscivorus	미슬지빠귀
Tree-Creeper	Certhia familiaris	나무발발이
Turtle Dove	Turtur auritus	멧비둘기
Tit (Great or Ox-eye)	Parus major	박새
Tit (Blue)	Parus cœruleus	푸른박새
Tit (Cole)	Parus ater	진박새
Tit (Marsh)	Parus palustris	쇠박새
Tit (Long-tailed)	Parus caudatus	오목눈이
Wagtail (Pied	Motacilla Yarrelli	알락할미새
Wagtail (Grey	Motacilla sulphurea	노랑할미새
Wagtail (Yellow)	Matacilla flavia	서양긴발톱할미새
Whinchat	Sylvia rubetra	검은딱새

Warbler (Garden) . . . . Sylvia hortensis 정원솔새
Warbler (Sedge) . . . . Sylvia salicaria 풀쇠개개비
Warbler (Willow) or Willow Wren . . . Sylvia trochylus 버들솔새
Warbler (Wood) or Wood Wren . . . Sylvia sylvicola 숲솔새
White-throat . . . . Sylvia cinerea 흰목휘파람새
White-throat (Lesser) . . . . . Sylvia sylviella 흰목휘파람새
Water Rail . . . . Rallus aquaticus 흰눈썹뜸부기
Wood-pecker (Green) . . . . . Gecinus viridis 청딱따구리
Wood Pigeon, Ring Dove or Cushat . . Columba palumbus 숲비둘기
Wren . . . . Sylvia troglodytes 굴뚝새
Redstart or Fire-tail . . . . Sylvia phoenicurus 딱새

자연에 보내는
지극한 사랑 표현

식물 세밀화가 막 유행하던 무렵 몇 번 따라 해 본 적이 있다. 하지만 실제 식물을 보고 모사하는 일은 생각보다 어려웠고 결과물은 성에 차지 않아 금방 포기했다. 연필 선은 머릿속 식물의 이미지와 눈앞 식물의 미묘한 차이 사이에서 머뭇댔고 아무리 정성껏 보존해도 식물이 시드는 속도는 손보다 늘 빨랐다. 스트레스 풀려다 더 큰 스트레스를 받을 바에야 남이 잘 그린 식물 그림을 보는 편이 나았다. 중세 필사본에 담긴 다소 투박한 식물 미니어처, 보는 순간 매료된 마리아 지빌라 메리안의 수리남 곤충 삽화, 인도 무굴 제국 시대의 세밀화, 신사임당의 초충도, 일본 에도 시대의 꽃 그림, 엄마가 최근 몰두하고 있는 민화⋯. 그러다 만난 '에드워드 시대의 레이디' 이디스 홀든의 수채화는 친숙하면서도 독특한 매력으로 나를 사로잡았다.

'보태니컬 아트botanical art'라고 하면 요즘 인테리어 소품으로 유행하는 식물 그림을 떠올리기 쉽지만 사실 이는 식물학자의 연구 대상인 식물의 형태를 남기기 위한 기록화scientific illustration를 지칭한다. 식물 세밀화는 과거 사진이 없던 시절뿐 아니라 오늘날에도 식물을 분류하고 기록하는 데 꼭 필요하다. 여기서는 예쁘게 그리기 보다는 정확하게 그리는 것, 만개한 모습만큼이나 꽃의 구조와 씨가 맺히는 과정, 줄기와 이파리의 모습 하나하나가 중요하다. 『컨트리 다이어리』에 수록된 꽃과 곤충, 동물 그림은 박물학자의 그림이 아니기에 아주 엄정하지는 않지만 그 세밀한 관찰과 풍부한 표현력은 '레이디'의 교양 이상을 보여 준다.

* * *

이디스 홀든은 영국인에게 꾸준히 사랑받는 일러스트레이터다. 그녀는 1871년 9월 26일 우스터셔 킹스노턴에서 태어나 6명의 형제자매와 함께 자연을 벗삼으며 자랐다. 홀든은 홈스쿨링으로 학업을 대신했는데 당시로서는 흔한 일이었다. 문학에 관심이 많은 부모의 영향으로 다양한 문학 작품, 특히 시를 풍부하게 접했다. 『컨트리 다이어리』 곳곳에 수록된 낭만주의 영시들이 이를 잘 보여 준다. 그림과 자연 지식 교육은 당시 레이디의 교양 교육에서 중요하게 여긴 항목이었으며 홀든은 이 분야에서 특출함을 보였다. 그녀는 열세 살 때 버밍엄미술학교에 진학해 미술을 공부했고 이곳을 방문한 에드워드 번 존스의 격려를 받기도 했다. 스무 살에는 스코틀랜드에서 활동하던 화가 드노반 애덤의 문하생으로 들어가 다양한 예술가들과 교류하며 곳곳을 여행했다. 당시의 보수적인 사회 분위기에서 미혼 여성이 자유로이 여행을 다니거나 사회 활동을 하는 것은 매우 이례적인 일이었으니, 자유로운 집안 분위기를 짐작할 수 있다. 홀든은 1906년부터 3년 정도 솔리헐여학교에서 미술을 가르치며 동식물 그림을 여러 전시회에 출품했다. 1909년에는 런던으로 이주해 작품 활동을 계속했고 2년 뒤 조각가 어니스트 스미스와 결혼했다. 이들의 결혼 생활은 크게 알려진 바 없으나 첼시의 신접은 여러 예술가들이 자주 찾아와 어울리는 곳이었다고 한다.

1920년 3월 16일 홀든은 큐 왕립식물원 근처 템스강으로 산책을 갔다가 돌아오지 못했다. 그날 아침만 하더라도 부활절 모임 이야기를 하며 들뜬 모습을 보였고 저녁 식사 준비도 해 놓았기에 남편은 그녀가 친구와 함께 시간을 보내고 있으리라고 생각했다. 하지만 다음 날 아침 템스강 후미에서 그녀의 익사체가 발견되었다. 경찰은 그녀가 우산을 뻗어 팔이 닿지 않는 곳에 핀 밤나무 꽃봉오리를 꺾으려다 실족한 것으로 추정했다. 어이없지만 그녀다운 죽음이었다.

* * *

『컨트리 다이어리』는 홀든이 세상을 떠난 지 50여 년, 제작 시점으로부터는 70여 년이 지난 뒤에야 출판되었다. 그녀는 생전에 여러 책의 삽화 작업을 했지만 『컨트리 다이어리』는 솔리헐여학교 재직 시절 학생들이 과제를 잘 이해하도록 만든 일종의 샘플이라 출판을 염두에 두지 않았다고 한다. 남편의 가문에 전해진 책은 종손녀인 디자이너 로위나 스톳이 물려받았다. 스톳은 어린 시절부터 가까이한 이 책을 엑서터의 한 출판사에 가져갔고 1977년에 출판사는 원본을 그대로 담은 팩시밀리 판을 펴냈다. '1906년의 자연 기록Nature Note for 1906'인 원제는 '에드워드 시대 레이디의 컨트리 다이어리The Country Diary of an Edwardian Lady'로 바뀌었다.

『컨트리 다이어리』는 즉각적인 성공을 거두었다. 『선데이 타임스Sunday Times』는 이를 1970년대 최고의 베스트셀러로 선정했고 책에 수록된 삽화는 카드와 도자기, 침구, 부엌 용품 등 다양한 상품으로 개발되었다. 막스앤스펜서가 판매하는 포켓 다이어리는 여전히 매년 출시되는 인기 품목이다.

이런 대성공의 비결은 무엇일까? 홀든이 살던 에드워드 시대의 영국은 한 세기 전에 일어난 산업혁명으로 공업화, 산업화, 도시화가 이루어진 때였다. 도시에는 공원이 등장하고 중산층도 집에서 정원을 가꾸는 게 보편화되었다. 거트루드 지킬이 정원을 설계하고 책을 펴낸 것도 이 시대다. 하지만 이디스 홀든의 『컨트리 다이어리』에서는 이런 분주한 도시의 변화를 느낄 수 없다. 오히려 베아트릭스 포터의 『피터 래빗Peter Rabbit』 시리즈의 배경이 되는 영국의 한적한 시골 마을을 떠올리게 한다. 실제로 홀든과 포터는 동시대 인물이고 자연을 무척 사랑했으며 여성의 사회 활동을 제약하는 시대를 살면서도 자신이 좋아하는 일에 열정을 쏟았다는 공통점이 있다.

이 책이 처음 세상에 나온 1977년의 사람들에게 『컨트리 다이어리』에 묘사된 자연은 지나간 옛 시절, 양차 세계 대전 이전의 좋았던 때를 떠올리게 했을 것이다. 이때 시골은 곧 자연이며, 고된 노동의 터전이 아닌 오두막과 텃밭, 순박한 이웃이 있는 곳이다. 하지만 『컨트리 다이어리』에는 이런 이상적 시골의 모습이 절반만 나타난다. 1월부터 12월까지 숨가쁠 정도로 많은 식물의 이름이 나열되고, 저걸 어떻게 다 알아보나 싶을 정도로 다양한 곤충과 새들이 등장하며, 변화무쌍한 영국의 날씨도 심심찮게 언급되지만, 홀든 자신은 뒤로 한 발자국 물러서 있다. 원제 '1906년의 자연 기록'을 떠올려 보면 이 책은 한 레이디의 소소한 일상에 중점을 둔 것이 아니라 그녀가 보고 경험하고 관찰하고 느낀 자연의 모습을 그리고 적어 둔 것임을 이해할 수 있다.

당시 레이디의 소양이었다지만 식물과 곤충, 조류, 지의류, 균류(버섯) 등에 해박할 뿐더러 학명까지도 아무렇지 않게 읊는 모습은 경탄을 자아내기에 충분했다. 『컨트리 다이어리』를 번역하며 가장 어려웠던 점은 바로 이런 다양한 생물의 이름을 찾아서 옮기는 부분이었다. 학명을 잘못 쓴 것도 있고 식물분류학이 발달하면서 학명이 바뀐 식물도 더러 있었다. 우리말로 옮기려니 국명이 참고한 책에 따라 차이를 보이고 시장에서 통용되는 명칭도 일정하지 않았다. 국명 표기는 국가생물종지식정보시스템www.nature.go.kr을 기준으로 했고 여기에 없는 생물종은 여러 서적과 사이트를 참고했다. 영국에만 자생해 국명이 아예 없는 식물과 지의류, 균류의 이름을 옮기는 일은 특히 고민거리였다. 학명으로 지칭하는 방법도 생각했지만 다소 부정확하더라도 매끄러운 독서를 우선하기로 했다. 우리 이름이 없는 생물은 본문에서는 우리에게 익숙한 종명이나 속명으로 표기하고 개별 학명은 찾아보기에 수록했다. 예를 들어 영국에서 Wood Crowfoot이라고 불리는 미나리아재비종의 식물 라넌큘러스 아우리코무스Ranunculus auricomus는 본문에서 미나리아재비로 표기했다. 부득이한 몇몇 경우에는 학명으로 표기했다. 그리고 독자의 이해를 돕기 위해 필요한 경우 본문 아래쪽에 보충 설명을 달아 두었다.

휴대하기 좋은 카메라도 없던 시절에 살아 있는 숲의 생물을 생생하게 묘사한 홀든의 관찰력은 경이롭기만 하다. 식물에 관심을 갖고 이를 그리는 까닭은 사람마다 다르겠지만 적어도 홀든에게 이는 자연에 보내는 지극한 사랑의 표현이 아니었을까. 각 달의 주제와 어울리는 시 인용과 정확하면서도 시적 정취가 살아 있는 수채화, 정성 들여 쓴 손 글씨를 보고 있으면 마음이 포근해진다. 그녀의 무심한 말투 속에 배어 있는 자연을 향한 사랑과 따뜻함이 독자에게 전해지기를 바란다.

황주영

이디스 홀든 Edith B. Holden

이디스 홀든은 1871년 영국 우스터셔 킹스노턴에서 염료 제조업자의 딸로 태어났다. 버밍엄미술학교를 졸업하고 일러스트레이터로 활동하며 여러 책에 삽화를 실었다. 1906년부터 워릭셔의 작은 마을 올턴의 한 여학교에서 미술을 가르쳤으며 당시 주변의 자연을 관찰해 글과 그림으로 기록했다. 1909년 런던으로 이주했고 2년 뒤 조각가 어니스트 스미스와 결혼해 첼시에 자리를 잡았다. 1920년 3월 16일, 밤나무 꽃봉오리를 꺾으려다 템스강에 빠져 익사했다. 가족에게 상속된 홀든의 자연 관찰 일기는 1977년에 처음 책으로 출간됐다.

옮긴이 황주영

이화여자대학교에서 영문학과 불문학을 공부하고 동대학원 미술사학과에서 석사학위를 받았다. 서울대학교 조경학 협동과정에서 박사학위를 받았고 파리 라빌레트 건축학교에서 박사 후 과정을 밟았다. 현재 미술과 조경의 경계를 넘나들며 자연과 정원, 문화를 주제로 다양한 강의를 하고 있다. 『텃밭정원 도시미학』(공저)을 집필했고 번역서로 『파리의 심판』, 『도시침술』, 『정원을 말하다』(공역) 등이 있다.

컨트리 다이어리

1판 1쇄 펴냄 2019년 8월 20일
1판 2쇄 펴냄 2019년 11월 20일

지은이   이디스 홀든
옮긴이   황주영

출판등록   제2009-00281호(2004.11.15.)
주소   03691 서울특별시 서대문구 응암로 54, 3층
전화   영업 02-2266-2501   편집 02-2266-2502
팩스   02-2266-2504
이메일   kyrabooks823@gmail.com
ISBN   979-11-5510-078-3 03840

Kyra

키라북스는 (주)도서출판다빈치의 자기계발 실용도서 브랜드입니다.